Deseo

PRINCESA TEMPORAL

OLIVIA GATES

HARLEQUIN™

Editado por HARLEQUIN IBÉRICA, S.A.
Núñez de Balboa, 56
28001 Madrid

© 2013 Olivia Gates
© 2014 Harlequin Ibérica, S.A.
Princesa temporal, n.º 2003 - 1.10.14
Título original: Temporarily His Princess
Publicada originalmente por Harlequin Enterprises, Ltd.

I.S.B.N.: 978-84-687-4789-7
Depósito legal: M-20643-2014
Editor responsable: Luis Pugni
Impresión en CPI (Barcelona)
Fecha impresion para Argentina: 30.3.15
Distribuidor exclusivo para España: LOGISTA
Distribuidor para México: CODIPLYRSA
Distribuidores para Argentina: interior, BERTRAN, S.A.C. Vélez
Sársfield, 1950. Cap. Fed./ Buenos Aires y Gran Buenos Aires,
VACCARO SÁNCHEZ y Cía, S.A.

Prólogo

Seis años antes

Vincenzo se quedó paralizado al oír la puerta. Ella estaba allí. Los músculos se le tensaron. La puerta se cerró de golpe y se oyeron unos pasos rápidos.

Sus guardas no lo habían alertado. No había sonado ningún timbre. Ella era la única a quien había dado llaves y acceso ilimitado a su ático.

Le había dado más que acceso a su espacio personal, le había otorgado dominio sobre sus prioridades y pasiones. Era la única mujer en la que había confiado plenamente. La había amado.

Y todo había sido una mentira. Sintió un pinchazo acerado en el estómago. Ira. Sobre todo, ira contra sí mismo.

Incluso tras tener pruebas de su traición, se había aferrado a la idea de que ella podría darle explicaciones. Tal era el poder que tenía sobre él.

Eso debería haberlo alertado. Era desconfiado por naturaleza. Nunca había dejado que nadie se le acercara. Ya como príncipe de Castaldini, había sospechado de las intenciones de la gente. Tras convertirse en un investigador estrella en el campo de las energías alternativas, había perdido la esperanza de tener una relación genuina.

Hasta que había llegado ella. Glory.

En cuanto la vio, sintió una atracción irresistible. Desde su primera conversación se había sumergido en un pozo de afinidad, antes desconocida para él. La conexión había sido mágica. Ella había despertado todas sus emociones y satisfecho sus necesidades, físicas, intelectuales y espirituales.

Pero para ella él solo había sido un medio para un fin. Un fin que había conseguido.

Tras quedar casi devastado por el fuego de la agonía, la lógica había ganado la batalla. Buscar venganza solo habría acrecentado los daños, así que optó por dejar que el dolor lo consumiera. Se había ido sin decirle una palabra.

Pero ella no lo había dejado irse sin más. Sus constantes mensajes habían pasado de la preocupación al frenesí. Cada uno le rompía el corazón, primero por el deseo de tranquilizarla, después por la furia de haberse dejado engañar otra vez. Hasta que llegó ese último mensaje: desgarrador, digno de una mujer que estuviera loca de miedo por la seguridad de su amante.

Le había causado un dolor tan agudo que había comprendido que solo podía haber una razón tras tanta persistencia: el plan de Glory aún no había triunfado. Incluso si intuía que la evitaba porque sospechaba de ella, parecía dispuesta a arriesgarlo todo para volver a acercarse y concluir lo que había iniciado.

Por eso le había dejado descubrir que había vuelto, sabiendo que correría a arrinconarlo. Pero, a pesar de haberlo planeado, no estaba listo para verla ni para hacer lo que tenía que hacer.

No tendría que haberle dado la oportunidad de volver a invadir su vida. No estaba preparado.

–¡Vincenzo!

Una criatura pálida, que apenas se parecía al ser vibrante que había capturado su cuerpo y su corazón, irrumpió en la habitación.

Con los ojos turbios e hinchados por lo que parecían horas de llanto, lo miró desde el umbral del dormitorio en el que habían compartido placeres inimaginables durante seis meses. De repente, se lanzó hacia él y lo abrazó como si fuera su salvavidas en un naufragio.

Y él supo cuánto la había echado de menos. Anhelaría a esa mujer a la que había amado, pero que no existía, hasta el fin de sus días.

Su mente se deshizo con la necesidad de apretarla entre sus brazos, de inhalar su aroma. Se esforzó para no hundirle las manos en el pelo, atraer su rostro y besarla. Sus labios necesitaban sentir los de ella una última vez.

Como si percibiera que estaba a punto de rendirse, ella le depositó una lluvia de besos en el rostro. La tentación fue como un nudo corredizo alrededor de su cuello. Sus manos se movieron, como si tuvieran voluntad propia, pero las detuvo a tiempo.

–Mi amor, mi amor.

Controlando un rugido, la inmovilizó antes de que le robara la voluntad y la coherencia.

Ella permitió que la apartara y alzó el rostro hacia él. Sus ojos parecían anegados por esos sentimientos que tan bien sabía simular.

—Oh, cariño, estás bien —lo abrazó de nuevo—. Me volví loca cuando dejaste de contestar a mis llamadas. Pensé que había ocurrido algo horrible.

Él comprendió que su estrategia, por lo visto, iba a ser la de simular inocencia hasta el final.

—No ha ocurrido nada —su voz sonó ronca, fría.

—¿Hubo otro fallo de seguridad? ¿Te aislaron para descubrir al culpable de la filtración?

A él lo asombró su audacia. Tal vez se creía demasiado lista para ser descubierta. Si se sentía segura, no se le ocurriría otra razón para que él se mantuviera alejado mientras su equipo de seguridad descubría cómo seguían filtrándose al exterior los resultados de su investigación.

Era mejor así. Le daba la oportunidad perfecta para despistarla.

—No ha habido filtraciones —se esforzó por aparentar serenidad—. Nunca.

—Pero me dijiste… —el alivio inicial dio paso a la confusión. Calló, desconcertada.

Esa, por fin, era una reacción genuina. Él le había contado los incidentes y problemas que había tenido mientras le robaban sistemáticamente el trabajo de su vida. Y ella había simulado angustia e impotencia por sus pérdidas.

—Nada de lo que te dije era cierto. Permití que

filtraran resultados falsos. Me complacía imaginar la reacción de los espías cuando se dieran cuenta y el castigo que recibirían por entregar información errónea. Los resultados reales están a salvo, a la espera de que yo esté listo para desvelarlos.

Era mentira, pero esperaba que ella transmitiera la información a quien la hubiera contratado, para que la desecharan sin probarla. La camaleónica mujer ocultó su sorpresa.

—Eso es fantástico pero, ¿por qué no me lo dijiste? —sonó entre insegura y dolida—. ¿Creías que te vigilaban? ¿Incluso aquí? —se encogió—. Una simple nota me habría evitado tanta angustia.

—Le di a todos la versión que necesitaba que creyeran, para convencer también a mis oponentes —apretó los dientes—. Solo las personas en las que más confío saben la verdad.

—¿Y yo no soy una de ellas? —preguntó ella, titubeante, procesando lo que había dicho.

—¿Cómo ibas a serlo? —por fin podía dar rienda suelta a su antipatía—. Se suponía que iba a ser una aventura breve, pero eres demasiado pegajosa; no quise molestarme en poner fin a la relación. Al menos, antes de encontrar a una buena sustituta.

—¿Sustituta? —parecía que acabara de recibir una puñalada en el corazón, pero él no la creyó.

—Con mi agenda, solo puedo permitirme parejas sexuales que hagan mi voluntad. Por eso me convenías, por tu complacencia. No es fácil encontrar esa clase de amantes. Dejo marchar a una cuando encuentro a otra. Como he hecho.

–Lo nuestro no era así –el dolor oscureció sus ojos color turquesa.

–¿Qué creías que era? ¿Un gran amor? ¿Qué te llevó a pensar eso?

–Tú… –sus labios temblaron– dijiste que me amabas.

–Me gustaba tu forma de actuar. Aprendiste a complacerme muy bien. Pero incluso una pareja sexual tan maleable como tú solo puede mantener mi interés un breve periodo de tiempo.

–¿Eso es todo lo que era para ti, una pareja sexual?

–No. Cierto –intentó que la estelar actuación de ella no lo rindiera–. Pareja implica un vínculo significativo. El nuestro no lo era. No me digas que no quedó claro desde el primer día.

Habría jurado que sus palabras la desgarraban como un cuchillo oxidado. Si no hubiera tenido pruebas de su perfidia, la agonía que simulaba habría dado al traste con sus defensas. Pero a esas alturas, solo le endurecía el corazón. Quería verla gritar y deshacerse en lágrimas falsas. Pero ella se limitaba a mirarlo con ojos húmedos.

–Si es una broma, por favor, déjalo… –musitó.

–Vaya. ¿En serio creías que eras algo más que un revolcón para mí?

Ella se estremeció como si la hubiera golpeado. A él le costó controlarse al verla así. Tenía que poner fin a la escena o se rendiría.

–Tendría que haber sabido que no captarías las pistas. Por cómo creías todo lo que decía, quedó claro que careces de astucia. Es obvio que no te convertí en mi directora ejecutiva de proyectos por méritos. Pero empieza a irritarme que actúes como si te debiera algo. Ya pagué por tu tiempo y tus servicios mucho más de lo que valían.

Por fin, las lágrimas se desbordaron, trazando surcos pálidos en sus mejillas.

—La próxima vez que un hombre se vaya, déjalo ir. A no ser que prefieras oír la verdad sobre lo poco que te valoraba…

—Calla… por favor —alzó las manos—. Lo que percibí de ti era real e intenso. Si ya no sientes eso, al menos déjame mis recuerdos.

—Pareces haber olvidado quién soy y el calibre de las mujeres a las que estoy acostumbrado. Tu sustituta llegará en unos minutos. ¿Te apetece quedarte?

Él, pensando que iba a dejar de actuar, le dio la espalda.

—Yo te amaba, Vincenzo —gimió ella, llorosa—. Creía en ti, pensaba que eras un ser excepcional. Pero resulta que usas a la gente. Y nadie lo sabe porque mientes de maravilla. Desearía no haberte conocido y espero que una de mis «sustitutas» te haga pagar por lo que has hecho.

—Si quieres ponerte a malas, que así sea —dijo él, perdiendo los nervios—. Vete o, además de no haberme conocido, desearás no haber nacido.

Sin inmutarse por la amenaza, ella se dio la vuelta y salió de la habitación.

Él esperó a oír el ruido de la puerta al cerrarse. Después, se rindió al dolor.

Capítulo Uno

En el presente

Vincenzo Arsenio D'Agostino miró al rey y llegó a la única conclusión lógica: el hombre había perdido la cabeza.

La presión de gobernar Castaldini al tiempo que dirigía su multimillonario imperio empresarial había podido con él. Porque además, era el marido y padre más atento y cariñoso del planeta. Ningún hombre podía campear todo eso y mantener intactas sus facultades mentales.

Esa tenía que ser la explicación de lo que acababa de decir.

Ferruccio Selvaggio-D'Agostino, hijo ilegítimo, y «rey bastardo» en boca de sus oponentes, torció la boca.

—Cierra la boca de una vez, Vincenzo. Y no, no estoy loco. Busca esposa. Ya.

—Deja de decir eso.

—El único culpable de las prisas eres tú —los ojos acerados de Ferruccio destellaron, burlones—. Hace años que te necesito en este puesto, pero cada vez que lo sugiero en el consejo, les da una apoplejía. Hasta Leandro y Durante hacen una mueca cuando oyen tu nombre. La imagen de playboy que has cultivado es tan notoria que hasta las columnas de cotilleo le quitan importancia. Y esa imagen no sirve en el entorno en el que necesito que actúes.

–Esa imagen nunca te perjudicó a ti. Mira dónde estás ahora. Eres rey de uno de los estados más conservadores del mundo, con la mujer más pura de la tierra como reina consorte.

–Solo me llamaban Salvaje Hombre de Hierro por mi apellido y por mi reputación en los negocios –dijo Ferruccio, divertido–. Mi supuesto peligro para las mujeres era una exageración. No tuve tiempo para ellas mientras me abría camino, y sabes que estuve enamorado de Clarissa seis años antes de hacerla mía. Tu fama de mujeriego no te ayudará como emisario de Castaldini en las Naciones Unidas. Necesitas rodearte de respetabilidad para borrar el hedor de los escándalos que te atribuyen.

–Si eso te quita el sueño, me moderaré –Vincenzo hizo una mueca–. Pero no buscaré esposa para apaciguar a los fósiles de tu consejo. Ni me uniré al trío de esposos dóciles que formáis Leandro, Durante y tú. En realidad, estáis celosos de mi estilo de vida.

Ferruccio le lanzó una de esas miradas que hacía que se sintiera vacío y deseara darle un puñetazo. La mirada de un hombre feliz a quien le parecía patético el estilo de vida de Vincenzo.

–Cuando representes a Castaldini quiero que la

prensa se centre en tus logros para el reino, Vincenzo, no en tus conquistas ni en sus declaraciones cuando las cambias por otras. No quiero que el circo mediático que rodea tu estilo de vida enturbie tus negociaciones diplomáticas y financieras. Una esposa demostrará al mundo que has cambiado y apaciguará a la prensa.

—¿Cuándo te volviste tan aburrido, Ferruccio? —Vincenzo movió la cabeza, incrédulo.

—Si preguntas cuándo empecé a defender el matrimonio y la vida familiar, ¿dónde has estado estos últimos cuatro años? Apruebo las bondades de ambas cosas. Y ya es hora de que te haga el favor de empujarte hacia ese camino.

—¿Qué camino? ¿El de «felices para siempre»? ¿No sabes que es un espejismo que la mayoría de los hombres persiguen sin éxito? ¿No te das cuenta de que fue casi un milagro que encontraras a Clarissa? Solo un hombre entre un millón encuentra la felicidad que compartes con ella.

—Dudo de esa estadística, Vincenzo. Leandro encontró a Phoebe, y Durante a Gabrielle.

—Otros dos golpes de suerte. A todos os ocurrieron cosas terribles en vuestra infancia y adolescencia, así que ahora os ocurren cosas muy buenas en compensación. Como mi vida tuvo un inicio idílico, parezco destinado a no recibir nada más, para restablecer el equilibrio cósmico. Nunca encontraré un amor como el vuestro.

—Estás haciendo cuanto puedes para no encontrar el amor, o permitir que te encuentre...

–He aceptado mi destino –lo interrumpió Vincenzo–. El amor no cabe en él.

–Precisamente por eso deseo que busques esposa. No quiero que pases toda la vida sin la calidez, intimidad, lealtad y seguridad que solo proporciona un buen matrimonio.

–Gracias por el deseo. Pero no es para mí.

–¿Lo dices porque no has encontrado el amor? El amor es un plus, pero no es imprescindible. Tus padres empezaron siendo compatibles en teoría y acabaron siéndolo en la práctica. Elige esposa con el cerebro y las cualidades que te atrajeron tejerán un vínculo que se reforzará con el tiempo.

–¿Eso no es hacer las cosas al revés? Tú amabas a Clarissa antes de casarte.

–Eso creía. Pero lo que sentía por ella era una fracción de lo que siento ahora. Según mi experiencia, si tu esposa te gusta un poco al principio, tras un año de matrimonio estarás dispuesto a morir por ella.

–¿Por qué no reconoces que eres el tipo con más suerte del mundo, Ferruccio? Puede que seas mi rey y que te haya jurado lealtad, pero no te conviene restregarme tu felicidad. Ya te he dicho que es imposible que yo encuentre algo similar.

–Yo también creía que la felicidad no estaba a mi alcance, que siempre estaría vacío emocional y espiritualmente, sin acceso a la mujer a quien amaba e incapaz de conformarme con otra.

Vincenzo se preguntó si Ferruccio había sumado dos y dos y comprendido por qué él estaba tan seguro de que nunca encontraría el amor. Sintió una punzada de amargura y tristeza.

—Pronto cumplirás los cuarenta…

—¡Tengo treinta y ocho! —protestó Vincenzo.

—… y llevas solo desde que fallecieron tus padres, hace dos décadas —concluyó Ferruccio.

—No estoy solo. Tengo amigos.

—Para los que no tienes tiempo y que no tienen tiempo para ti —Ferruccio alzó la mano para silenciarlo—. Crea una familia, Vincenzo. Es lo mejor que puedes hacer, por ti y por el reino.

—Lo siguiente será que me elijas esposa.

—Si no lo haces tú cuanto antes, lo haré yo.

—¿Te aprieta demasiado esa corona que llevas hace cuatro años? —rezongó Vincenzo—. ¿O acaso la dicha doméstica te ha ablandado el cerebro?

Ferruccio se limitó a sonreír. Vincenzo supo que no tenía escapatoria. Era mejor rendirse.

—Si acepto el puesto… —suspiró.

—Si ese si implica una negociación, no la habrá.

—… será solo durante un año.

—Será hasta cuando yo diga.

—Un año. Innegociable. No habrá más escándalos en la prensa, así que lo de la esposa…

—También innegociable. «Busca esposa» no es una sugerencia o una petición. Es un edicto real —Ferruccio esbozó su sonrisa de «punto y final».

Ferruccio había aceptado que Vincenzo ocupara el cargo un año, siempre que adiestrara a un sustituto. Pero no había cedido respecto a la esposa. Vincenzo se había quedado atónito al leer el edicto real que exigía que eligiera y se casara con una mujer adecuada en dos meses.

Eso se merecía una carta oficial de su corporación diciéndole a Ferruccio que esperase sentado. De ningún modo iba a elegir «una mujer adecuada». Ni en dos meses ni en dos décadas. No la había. Igual que Ferruccio, era hombre de una sola mujer, y la había perdido.

De repente, la mente se le iluminó. Llevaba años siguiendo una táctica errónea. En vez de luchar contra lo que creía había sido el peor error de su vida, tendría que haber aceptado sus sentimientos y dejar que siguieran su curso, hasta purgarlos para siempre.

Había llegado el momento perfecto para ello. Dejaría que esos sentimientos trabajaran a su favor. Los labios se le curvaron en una sonrisa; volvía a sentir la emoción, energía y afán de lucha que no había sentido en los últimos seis años.

Solo necesitaba datos recientes sobre Glory para usarlos a su favor. Ya tenía suficientes para realizar una opa hostil, pero contar con más munición no le haría ningún daño.

A ella, bueno, esa era otra historia.

Glory Monaghan miraba asombrada la pantalla de su portátil. No podía estar viendo lo que veía. Un correo electrónico de él. Se estremeció.

«Tranquilízate. Piensa. Debe de ser antiguo».

Pero sabía que era nuevo. Había borrado los antiguos dos meses antes, por error.

Durante seis años, esos mensajes habían pasado de un ordenador a otro. No los había eliminado. Había conservado notas, mensajes de voz, regalos y cuanto él se había dejado en su casa para familiarizarse con cómo funcionaba la mente retorcida de un auténtico desalmado.

Había aprendido mucho gracias a ese análisis. No habían vuelto a engañarla. Nadie se había acercado a ella, punto. Nadie la había sorprendido o herido desde que él lo hiciera.

Cerró los ojos con la esperanza de que el correo desapareciera. Cuando los abrió, seguía allí. Un mensaje sin leer, más oscuro e intenso que los demás, como si pretendiera amenazarla.

El asunto era: «Una oferta que no podrás rechazar». La asaltó un tornado de incredulidad.

Fuera lo que fuera, el mensaje tenía que ir directo a la papelera. Una vocecita interior le advirtió: «Si haces eso, te volverás loca preguntándote qué decía». Pero si lo abría y leía algo desagradable, sería aún peor. En aras de su paz mental, debía borrarlo sin más dilación.

El bastardo había cruzado el tiempo y el espacio para manejarla como a una marioneta. Un simple mensaje con un título insidioso la había devuelto a la vorágine de aquella época, como si nunca hubiera salido de ella.

Tal vez no había salido, solo había simulado haber vuelto a la normalidad. Quizás necesitara un golpe para cambiar. Si era de él, le daría fuerzas para enterrar su recuerdo de una vez por todas.

Abrió el correo y miró la firma. Era de él. El corazón se le desbocó antes de leer las dos frases que lo componían.

Puedo enviar a tu familia a prisión de por vida, pero estoy dispuesto a negociar. Ven a mi ático a las cinco de la tarde, o entregaré la evidencia que tengo a las autoridades.

A las cinco menos diez, Glory subía al ático de Vincenzo, envuelta en recuerdos que la ahogaban.

Su mirada recorrió el ascensor que había usado a diario durante seis meses. Parecía que aquello lo hubiera vivido otra persona. En realidad, entonces había sido otra. Tras una vida entregada a los estudios, había alcanzado la edad de veintitrés años sin la menor destreza social y con la madurez emocional de alguien una década más joven. Había sido consciente de ello, pero no había tenido tiempo de dedicarse a nada que no fuera su crecimiento intelectual. Cualquier cosa para no seguir los pasos de su familia: una vida de malas apuestas y fallida búsqueda de oportunidades. Ella quería una vida estable.

Esa había sido su meta desde la adolescencia. Había creído alcanzarla al graduarse la primera de su clase y concluir un máster con matrícula de honor. Todo el mundo había vaticinado que llegaría a ser la mejor en su campo.

Aunque confiaba en que sus excelentes cualificaciones le permitirían conseguir un empleo prestigioso de alta remuneración, había solicitado un puesto en I+D D'Agostino sin esperanza de conseguirlo. Había oído muchas historias sobre el hombre que dirigía la exitosa empresa. Vincenzo D'Agostino tenía unos estándares muy estrictos: entrevistaba y vetaba incluso a los encargados de la correspondencia. Y la había entrevistado a ella.

Aún recordaba cada segundo de la fatídica entrevista que había cambiado su vida.

El escrutinio había sido crudo e intenso, las preguntas rápidas y destructivas. Se había sentido como una estúpida mientras le contestaba. Pero tras diez minutos, él se había puesto en pie, le había estrechado la mano y le había ofrecido un puesto estratégico, de mayor rango de lo que había esperado, trabajando directamente para él.

Había salido del despacho anonadada. No había creído posible que un ser humano fuera tan bello y abrumador, ni que un hombre pudiera hacerla arder con solo mirarla. De hecho, nunca se había interesado por un hombre antes, así que la intensidad de su deseo la sumió en la confusión.

Sabía que no tenía posibilidades con él. Aparte de que él tenía la norma de no mezclar trabajo y placer, no creía que pudiera interesarse por ella. Un hombre de su clase solía rodearse de mujeres sofisticadas y deslumbrantes.

Una hora después de la entrevista, él telefoneó para invitarla a cenar.

Aceptó. Había caído en sus brazos y permitido que toda su existencia girara alrededor de él, tanto personal como profesionalmente.

Se había entregado de lleno a su crueldad y explotación. Solo podía culparse a sí misma. Ninguna ley protegía a los tontos de sus acciones.

Algo había aprendido de esa experiencia: Vincenzo no bromeaba. Nunca.

El ascensor paró y salió al vestíbulo que conducía al ático. La sorprendió ver que todo seguía igual.

Él le había dicho una vez que el opulento edificio, en el centro de Nueva York, no era nada comparado con su hogar en Castaldini.

Ella había sido incapaz de imaginar algo más lujoso que lo que veía. El mundo de Vincenzo había hecho que se sintiera como Alicia en el País de las Maravillas, alertándola sobre lo radicalmente distintos que eran. Pero había ignorado la voz de la razón.

Hasta que él la había echado de su vida como si no fuera más que basura.

Sintió una oleada de furia cuando llegó ante la puerta. Él debía de estar observándola en la pantalla de seguridad, siempre lo había hecho. Alzó la vista hacia donde estaba la cámara.

Seguía teniendo la llave. Suponía que no había cambiado la cerradura. Los guardas de seguridad no la habrían dejado llegar hasta allí si no hubieran recibido órdenes de él.

Metió la llave en la cerradura y, sin aliento, entró.

Él estaba de cara a ella, ante la pantalla en la que una vez le había mostrado los vídeos que había grabado de sus sesiones de delirio sexual. Se le desbocó el corazón cuando los ojos de tono acerado la atravesaron.

Años antes lo había considerado el epítome de la belleza masculina. Pero lo de entonces no era nada comparado con lo que tenía ante sus ojos. La ropa negra hacía que pareciera medir más de uno noventa y cinco, le ensanchaba los hombros y le resaltaba la esbeltez de las caderas y los esculturales músculos de su torso y muslos. Los planos y ángulos de su rostro se habían acentuado y el bronceado intensificaba la luminiscencia de sus ojos. Destellos plateados en sus sienes incrementaban el atractivo de su pelo azabache.

A su pesar, estaba reaccionando con la misma intensidad que cuando era joven, inexperta y desconocedora de lo que él era en realidad.

Era inquietante que su aversión mental no encajara con la afinidad física que sentía. Apenas podía respirar y aún no había oído la voz grave y melódica que llevaba grabada en el alma.

–Antes de que digas nada, sí, tengo una evidencia que enviaría a tu padre y a tu hermano a prisión quince años.

–Sé que eres capaz de cualquier cosa –avanzó hacia él, impulsada por la ira–. Por eso estoy aquí.

–Entonces, sin más preliminares, iré directo a la razón de mi orden de comparecencia.

–¿Orden de comparecencia? –bufó ella–. El título de príncipe se te ha subido a la cabeza. Aunque supongo que siempre fuiste un pomposo y yo era la única demasiado ciega para verlo.

–Ahora no tengo tiempo para dardos de mujer despechada –torció la boca–. Cuando consiga mi fin, tal vez te permita desahogarte. Será divertido.

–Seguro que sí. A los tiburones les gusta la sangre. Vamos al grano de esta «comparecencia». ¿Que hará falta para que no destroces a mi familia? Si necesitas que robe algún secreto de tus rivales, ya no trabajo en tu campo.

Los ojos de Vincenzo destellaron con lo que parecía una mezcla de dolor y humor. El atisbo de humor la confundió, no era propio de él.

–¿Ni siquiera para salvar a tu adorada familia?

Aunque quería a su familia, odiaba su irresponsabilidad. Por eso estaba allí, a merced de esa escoria perteneciente a la realeza. Sin duda había comprado algunas de sus deudas.

–No –afirmó, rotunda–. Pero es lo único que podría darte a cambio de tu generosa amnistía.

–Eso no es lo único que puedes ofrecerme.

A ella le dio un vuelco el corazón. Él la había desechado y había estado con cientos de mujeres. No podía interesarle que volviera a su cama.

–¡Escúpelo ya! ¿Qué diablos necesitas?

–Una esposa –replicó él con calma.

21

Capítulo Dos

–¿Cómo puedo ofrecerte una esposa? –lo miró atónita–. ¿Te interesa alguien a quien yo conozca?

–Sí. Alguien a quien conoces muy bien –sus ojos volvieron a chispear con humor.

Ella sintió náuseas mientras pensaba en las mujeres a las que conocía. Muchas eran lo bastante bellas y sofisticadas como para satisfacer a Vincenzo. En especial Amelia, su mejor amiga, que acababa de comprometerse. Quizás Vincenzo pretendía que lo ayudara a romper la relación de su amiga para poder…

–Según mi rey, solo una esposa conseguirá mejorar mi reputación con la urgencia requerida.

–¿Tus escándalos sexuales dan mala fama a Castaldini? –aventuró ella–. ¿Ferrucio ha exigido que te reformes por decreto real?

–Más o menos viene a ser eso, sí –asintió–. Por eso busco una esposa.

–¿Quién lo habría imaginado? Hasta el intocable Vincenzo D'Agostino ha de inclinarse ante alguien. Debe de haberte escocido mucho que otro hombre, por muy amo y señor tuyo que sea, te regañe como a un crío y te diga lo que debes hacer y poner fin a tu estelar carrera de mujeriego.

–No voy a poner fin a nada –alzó un hombro con indiferencia–. Lo de la esposa será temporal.

–Claro que tendrá que ser temporal –alegó con frustración–. Ni todo el poder y dinero del mundo te conseguirían una mujer permanente.

–¿Estás diciendo que las mujeres no se desvivirían por casarse conmigo? –ironizó él.

–Supongo que harían cola con la lengua afuera. Digo que cualquier mujer, cuando te conociera, pagaría lo que fuera por librarse de ti. Ninguna te querría de por vida.

–¿No es una suerte que no quiera a nadie tanto tiempo? Solo necesito una mujer que cumpla las reglas de mi acuerdo temporal. Mi problema no es encontrar a una mujer que acepte mis normas. Sería difícil encontrar a una que no lo haga.

–¿Tan engreído eres? ¿Crees que todas las mujeres estarían dispuestas a aceptar tus términos, por degradantes que fueran?

–Es un hecho. Tú misma me aceptaste sin condiciones. Y te aferraste tanto que acabé teniendo que arrancarme tus tentáculos de la piel.

Ella lo miró y volvió a preguntarse a qué se debían tanta malicia y abuso de poder. Lo único que había hecho era perder la cabeza por él.

–Pero cualquier mujer que lleve mi apellido podría aprovechar mi necesidad de mantener las apariencias, la razón de mi matrimonio, para exprimirme y sacarme más. Necesito a alguien que no pueda plantearse eso.

–Entonces, contrata a una mercenaria –siseó

ella–. Una con suficiente práctica para cubrir las apariencias por un tiempo y por un precio.

–Busco a una mercenaria que, a los ojos del mundo, tenga una reputación prístina. Intento pulir la mía y no serviría de nada añadir una joya dañada a una corona roñosa.

–Ni siquiera una joya inmaculada mejoraría tu vileza. Tendrías que haberme llamado antes. No conozco a nadie que encaje en esa categoría de mercenaria con supuesto pasado impoluto. No conozco a ninguna mujer tan desesperada como para aceptarte, sean cuales sean las circunstancias.

–Sí que conoces a alguien. Tú.

Vincenzo observó cómo palidecía el rostro que lo había perseguido durante los últimos seis años. Era el mismo, pero muy diferente.

Las suaves curvas de la adolescencia habían desaparecido, exponiendo una estructura ósea exquisita que realzaba la armonía y belleza de sus rasgos. Su piel tenía un tono miel tostado. Resplandecía. Tenía las cejas más tupidas, la nariz más refinada y la mandíbula más firme.

Pero seguían siendo sus ojos de cielo de verano los que le llegaban al alma. Y los labios sonrosados, que parecían más llenos y sensuales que nunca. Solo con mirarlos se tensaba y cosquilleaba de deseo. Eso antes de examinar el cuerpo que poseía la clave de acceso a su libido.

Llevaba un traje pantalón azul marino diseñado para esconder sus atributos, pero a él no podía engañarlo. Estaba deseando confirmar lo que intuía mediante un examen visual y táctil sin interferencias.

Se preguntó cómo esos ojos no mostraban rastro de la astucia que asumía en la mujer que lo había engañado. Trasmitían la fuerza indómita de una luchadora acostumbrada a enfrentarse a adversarios que superaban con creces su poder.

En ese momento, destellaban consternación y asombro. Pero, sin duda, estaba usando sus dotes de actriz.

—No importa lo cuantiosa que sea la deuda de mi padre y de mi hermano. La pagaré —le lanzó una mirada fría como el hielo.

—¿De veras crees que lo que tengo en su contra es una deuda? ¿Algo que podría resolverse con dinero? —se asombró él.

—Déjate de poses, maldito desgraciado. ¿Qué tienes en su contra?

Él paladeó lentamente su reacción al insulto. Tenía un sabor ácido y excitante que le hizo desear más. Eso debía ser indicio de que estaba harto de la deferencia que le otorgaban a diario, tanto en su cargo oficial como en el profesional.

—Solo unos cuantos crímenes —contestó.

—¿Serías capaz de implicarlos en algo para que yo haga lo que quieres? —lo miró boquiabierta.

—Solo expondría sus delitos. Algunos de ellos. Lee esto —le ofreció un informe que había en la mesita de café—. Comprueba mi evidencia. Tengo más, si la quieres. Pero sería rizar el rizo. Esto bastaría para encarcelarlos por desfalco y fraude casi todo el resto de su vida.

Ella aceptó el informe y, temblorosa, se hundió en el sofá donde él le había hecho el amor. La observó mientras hojeaba las páginas. La había amado muchísimo y había llegado el momento de exorcizarla, sacarla de su vida.

El tiempo pareció eternizarse hasta que ella alzó la mirada; tenía los ojos rojos y le temblaban los labios.

—¿Hace cuánto que tienes esto? —preguntó con voz ronca y espesa.

—¿Esa evidencia incriminatoria en concreto? Más de un año. Pero tengo archivos de sus crímenes anteriores, si te interesan.

—¿Hay más? —su expresión era de asombro total, como si nunca hubiera sospechado que su padre y hermano hubieran estado involucrados en actividades criminales.

—Son muy buenos, lo reconozco —resopló él con desagrado—. Por eso no los han atrapado aún.

—¿Por qué lo has hecho tú?

Ella estaba haciéndole las preguntas correctas. Si las contestaba con sinceridad, vería lo ocurrido en el pasado. Estaba harto de simulaciones.

—Los he tenido bajo vigilancia desde que intentaron robar mi investigación.

—¿Sospechabas de ellos?

—Sospechaba de todos los que tenían acceso a mí, ya fuera directo o indirecto.

La expresión de Glory delató que por fin entendía que también había sospechado de ella. Sin duda, seguía creyendo que no le habían robado nada de valor. Pero lo habían robado todo.

La importancia de sus descubrimientos había sido tal que, a pesar de su sistema de seguridad, había descompuesto los resultados en fragmentos que solo él podía recomponer. Aun así, habían sido robados y reconstruidos por sus rivales. Después había recibido pruebas de que la brecha de seguridad tenía su origen en Glory.

Él había afirmado que tenía que haber sido alguien que tuviera acceso a ella, y solo su familia lo tenía. Para evitarle dolor, se había enfrentado a ellos en secreto. Doblegados por sus amenazas, habían confesado y suplicado compasión. A cambio, les había exigido que nombraran a sus cómplices, y le habían dado pruebas de que Glory había sido su única forma acceder a los datos.

Y lo había hecho como una profesional. En ningún momento se había plantado protegerse de ella como hacía con el resto del mundo.

Dado que un juicio de proyección pública lo habría perjudicado y, peor aún, mantenido en contacto con ella, la había apartado de su vida para evitar que el sórdido asunto fuera a más.

Pero había ocurrido algo inesperado. También por culpa de ella.

Mientras luchaba por sacársela de la cabeza, había reiniciado su investigación desde cero, algo de lo que no tardó en congratularse. Lo que había creído un gran descubrimiento, tenía un fallo de base que podría haber costado millones a sus accionistas. Aún más catastrófico habría sido que, dado su renombre, hubieran comercializado su aplicación sin someterla a pruebas rigurosas; se podrían haber perdido vidas humanas.

En realidad, la traición de Glory había sido una bendición, porque lo había obligado a corregir sus errores y diseñar un método más seguro, racional y rentable que lo había catapultado a la cima en su campo. Pero no iba a agradecérselo.

—Pero ellos no tuvieron nada que ver con la filtración de tus datos —casi sollozó Glory—. Según tú, ni siquiera hubo una filtración real.

—No por falta de intención. Que pusiera datos falsos a su alcance no los exonera del crimen de espionaje industrial y robo de patente.

—Pero si no lo perseguiste entonces, ¿por qué has seguido vigilándolos todo este tiempo?

Él, al comprobar que seguía aferrándose al papel de inocente, decidió seguirle el juego. Tenía objetivos más importantes. Obtendría su propósito sin desvelar la verdad, dejaría que ella siguiera creyendo que había fracasado en su misión.

—¿Qué puedo decir? —torció la boca con amargura—. Mi instinto me decía que no les quitara ojo de encima. Como puedo permitírmelo, seguí vigilándolos, por eso sé lo que nadie más sabe. Analicé sus métodos, para anticiparme a ellos.

Siguió un largo silencio, dominado por el dolor y desilusión que oscurecía los ojos de Glory.

–¿Por qué no los has denunciado?

«Porque son tu familia», admitió él para sí. Hacerlo le quitó un peso de encima. De repente, respiraba de nuevo, sin opresión en el pecho.

Había tenido remordimientos por no informar a las autoridades de lo que sabía. Pero se había sentido incapaz de perjudicarla hasta ese punto. Sobre todo, no había querido arriesgarse a que la implicaran en el asunto y acabara en prisión.

–No creía que pudiera beneficiarme, a mí o a mi empresa –al ver su mirada, puntualizó–. Ya no soy un científico alocado, sin más. Gracias a los incidentes de hace seis años, descubrí la conveniencia de tener datos incriminatorios, para usarlos en el momento adecuado. Y es este.

–¿Y crees con eso que puedes coaccionarme para que me case contigo temporalmente?

–Sí. Serías la esposa temporal perfecta. La única que no tendría la tentación de pedir más al final del contrato, por miedo al escándalo.

Ella, con los ojos húmedos, echó la cabeza hacia atrás. Él tuvo que controlarse para no agarrar su cabello y devorar sus voluptuosos labios, someterla y derramarse en su interior.

–¿Y si te dijera que me da igual lo que hagas? Si han hecho lo que dice el informe, se merecen pagar por sus crímenes en la cárcel.

Su actitud desafiante y su disgusto por la situación lo llenaron de júbilo.

–Puede que lo merezcan, pero tú no dejarás que pasen años encerrados, si puedes evitarlo.

Ella, derrotada, dejó caer los hombros y la luz de sus ojos se apagó. Él intentó aparentar que eso no le afectaba. Sabía que no era inocente, estaba simulando, representando un papel.

–Es un trato beneficioso para todos. Tu padre y tu hermano merecen un castigo, pero eso no serviría de nada. Compensaré a todas las víctimas de sus timos –tuvo que controlarse para no decir que ya lo había hecho, de forma anónima–. Te librarás de la desgracia y dolor que supondría su encarcelamiento. Mi rey y Castaldini tendrán lo que quieren de mí. Y mi reputación quedará limpia el tiempo necesario para hacer el trabajo.

Ella lo taladró con la mirada antes de que un par de lágrimas se deslizaran por sus mejillas. Se las limpió con la mano, como si le molestara que viese su debilidad.

El dolor parecía tan auténtico que Vincenzo sintió que le reverberaba en los huesos. Pero tenía que ser otra interpretación de una actriz genial. Decidió no dar vueltas al asunto. Todos sus sentidos la creían, pero su mente sabía la verdad.

–¿Cómo de temporal? –susurró ella por fin.

–Un año.

El rostro de ella se convulsionó como si la hubiera acuchillado. Tragó saliva.

–¿Cuál sería el… trabajo?

Por lo visto, había pasado del rechazo y el desafío a intentar pactar los términos. Aunque era él quien jugaba con toda la baraja, tenía la sensación de que ella marcaba el ritmo. No le extrañaba; había sido la negociadora más eficaz y organizada de su equipo. La había querido tanto por su mente como por todo lo demás. La había respetado, creído y confiado en ella. Perderla había dañado los cimientos de su mundo.

–Voy a ser el delegado de Castaldini en Naciones Unidas. Es uno de los puestos de mayor rango del reino, la imagen de sus ciudadanos ante el mundo. Mi esposa tendrá que acompañarme en mis apariciones públicas, ser mi consorte en los eventos a los que asista, buena anfitriona en los que celebre yo, y amante esposa en todo lo demás.

–¿Y crees que estoy cualificada para ese papel? –inquirió ella, incrédula–. ¿No sería mejor alguna noble de Castaldini que desee atraer las miradas durante un tiempo, adiestrada desde la cuna para ese tipo de simulación? Estoy segura de que ninguna mujer se aferrará a ti ni buscará escándalos cuando quieras dejarla. Cuando me dejaste a mí, ni se te arrugó el traje.

«No, se me arrugó el corazón», pensó él.

–No quiero a ninguna otra. Y sí, estás más que cualificada. Eres experta en la vida ejecutiva y en sus formalidades. También eres camaleónica, te adaptas perfectamente a cualquier situación y entorno –vio que los ojos de ella se ensanchaban como si no hubiera oído nada más ridículo en toda su vida–. No te costará dominar la etiqueta diplomática. Te enseñaré qué decir y cómo comportarte ante los dignatarios y la prensa. El resto de tu educación quedará en manos de Alonzo, mi ayuda de cámara. Dada tu belleza y tus atributos –le recorrió el cuerpo con la mirada–, cuando Alonzo acabe contigo, la prensa rosa solo hablará de tu estilo y de tus últimos modelitos. Tu actual entrega a las causas humanitarias captará la atención del mundo, que la asociará a mi imagen de pionero de las energías limpias. Seremos la perfecta pareja de cuento de hadas.

En otro tiempo había pensado que lo eran de verdad. Percibió, de inmediato, que ella también lamentaba que nada de eso pudiera ser real y deseó atravesar la pared de un puñetazo.

–También ofrezco un cuantioso incentivo económico –masculló–. Es parte de la oferta que ya he dicho que no puedes rechazar.

Ella lo miró con lo que parecía una profunda decepción. No preguntó cuánto ofrecía. Seguía actuando como si el dinero no le importara.

–Diez millones de dólares –escupió él–. Netos. Dos de adelanto, el resto al final del contrato. Este es el contrato matrimonial que tendrás que firmar –agarró otro informe que había en la mesita y se lo dio–. Léelo. Puedes buscar asesoría legal, descubrirás que te favorece si cumples los términos. Espero verlo firmado mañana.

–Sí o sí, ¿es eso? –dijo ella, sin mirarlo.

–En resumen, sí.

Sus ojos se clavaron en los de él con una mezcla de furia, frustración y vulnerabilidad. De inmediato, lo devastó el deseo de devorarla, de poseerla. De protegerla.

Su debilidad por ella parecía incurable.

Había tenido la esperanza de que, al verla, comprendería que lo que creía haber sentido por ella no era sino una fantasiosa exageración. Pero había descubierto que su efecto sobre él se había multiplicado. La excitación que había sentido al verla de nuevo estaba convirtiéndose en agonía.

Su único consuelo era que ella también lo deseaba. No cabía duda al respecto. Ni siquiera ella podría haber fingido la respuesta corporal que había alimentado sus fantasías durante años. Cada manifestación de su deseo, su aroma, su sabor a miel, el tacto sedoso de su humedad en los dedos y en su miembro, los espasmos de placer que lo habían atrapado y llevado a la explosión.

Se preguntó cómo sería poseerla de nuevo, uniendo el pasado a la madurez y los cambios en ambos. Rechazó la pregunta porque había tomado una decisión: volvería a poseerla. Lo mejor sería dejar claras sus intenciones.

Le agarró el brazo cuando ella se levantó y, al ver su mirada de indignación, se inclinó para susurrarle lo que pensaba al oído.

–Cuando te lleve a la cama esta vez, será mejor que nunca.

–Nunca accederé a eso –las pupilas se le habían dilatado y él captó el perfume de su excitación.

–Solo te estoy haciendo saber que te quiero en mi cama. Y vendrás. Porque me deseas.

Ella se sonrojó, clara prueba de que él no se equivocaba. Aun así, expresó su disconformidad.

–Tendrías que hacerte mirar esa cabeza, antes de que su peso te rompa el cuello.

Él la tiró del su brazo y la apretó contra su cuerpo. Gruñó de satisfacción y oyó que a ella se le escapaba un gemido de placer.

El aroma que lo había hechizado desde que entró en la habitación: un mezcla de femineidad, piel tostada por el sol y noches de placer, le anegó los pulmones. Necesitando más, hundió el rostro en su cuello, absorbiendo su perfume.

–No te quiero en mi cama. Te necesito en ella. Llevo seis años anhelando tu presencia allí.

Notó que ella se tensaba y le apartaba lo suficiente para mirarlo, confusa. La soltó para no alzarla en brazos y llevarla a la cama en ese mismo instante.

El rostro de ella era un lienzo de emociones turbulentas, tan intensas que se sintió mareado.

–Lo único real que compartimos fue la pasión. Fuiste la mejor que había tenido nunca. Solo acabé contigo porque…parecías esperar más de lo que ofrecía –dijo con tono desafiante–. Pero ahora conoces la oferta. Tienes la opción de ser o no ser mi amante, pero tendrás que ser mi princesa.

Ella miró el contrato que tenía en la mano, que detallaba con fría precisión los límites de su relación temporal y cómo acabaría. Después, lo miró con ojos de un azul apagado y distante.

–Solo por un año –dijo ella.

«O más. Todo el tiempo que queramos», estuvo a punto de decir él. Pero se contuvo.

Capítulo Tres

Glory hizo una mueca ante la estupefacción de su mejor amiga, Amelia. Ya se estaba arrepintiendo de haberle contado la historia, pero habría explotado si no se desahogaba con alguien.

–Solo por un año –apuntilló Glory.

–Intento imaginarte con el Príncipe Vastamente Devastador y no puedo.

–Gracias, Amie, es todo un detalle por tu parte –dijo Glory con clara ironía.

–¡No es que crea que no estés a su nivel! –exclamó Amie–. Cualquier hombre sería afortunado si te tuviera, pero hace un siglo que no miras a ninguno. Eres tan fría… –sonrió, contrita–. Sabes a qué me refiero. Irradias «no te acerques». Me resulta imposible imaginarte entregada a la pasión con un hombre. Pero empiezo pensar que buscas más que el resto de las mortales. O es alguien del calibre de Vincenzo, o nadie –sus ojos se ensombrecieron–. O tal vez el problema sea que es Vincenzo o ninguno ¿Fue él quien te llevó a rechazar a todos los demás?

Glory la miró. La brutal forma en que Vincenzo había puesto fin a la aventura, la había devastado emocional y psicológicamente. Había tardado un año en paliar su dolor. Después, había volcado su tiempo y energía en cambiar su vida.

Si el hombre al que consideraba su alma gemela podía destrozar su estabilidad emocional con unas palabras, no podía volver a fiarse de nada. Así que había decidido entregar su corazón y sus habilidades al mundo, con la esperanza de hacer más bien del que le habían hecho a ella.

Llevaba cinco años creando y racionalizando proyectos humanitarios por todo el mundo. Solo tenía posibilidad de mantener relaciones íntimas pasajeras, y eso no iba con ella.

Pero las preguntas de Amelia la inquietaron. Tal vez, una de las cosas que más la había atraído de ese estilo de vida era poder evitar la intimidad. Glory adoraba su trabajo, pero no le dejaba ni un momento libre. Estaba demasiado ocupada como para sentir que le faltaba algo y aceptar que era mujer de un solo hombre. O Vincenzo, o ninguno.

–¿Te rompió el corazón? –preguntó Amelia, interpretando correctamente su expresión.

–No, me lo machacó por completo.

–Ahora lo odio –Amelia frunció el ceño–. Lo he visto alguna vez en televisión y me pareció un tipo decente, para nada el típico playboy de la realeza, a pesar de su reputación. Pensé que ser científico lo había librado de ser un monstruo narcisista. Pero ahora veo que me equivoqué.

–Él no es…, no era así –lo defendió Glory. Movió la cabeza, confusa–. Es como si fuera tres personas distintas. El hombre del que me enamoré

36

era como tú lo describes: honorable, sincero y centrado en la vida pública; enérgico y brillante en su vida profesional; sensible, compasivo y apasionado en la personal. Luego llegó el hombre que rompió conmigo: frío, despiadado y cruel. Y ahora el hombre que vi hoy: implacable y dominante, pero distinto del que se lo tomaba todo en serio o del que disfrutaba humillándome.

–¿Humillándote? –Amelia estaba furiosa–. ¿Y ahora te pide que te cases con él para arreglar su reputación? No vuelvas a decir «solo un año» o romperé algo. ¡Dile que se vaya al infierno y se lleve con él su oferta de matrimonio temporal!

Amelia parecía una leona defendiendo a su cachorro y eso enterneció a Glory.

–¿Insinúas que no me habrías dicho eso en cualquier caso? –le preguntó.

–Pues no. No te interesa el matrimonio y de repente aparece el Príncipe Delicioso ofreciéndote un año de cuento de hadas con un plus de diez millones de dólares. Si no fuera el indeseable que te destrozó el corazón, me habría parecido una oferta genial. Lo que quiero saber es cómo se ha atrevido a hacértela precisamente a ti.

Glory no había compartido el motivo de que Vincenzo la hubiera elegido. Así que suspiró e ignoró la pregunta.

–Pero da igual –refunfuñó Amelia–. Si sigue molestándote después de que le digas que no, mi Jack le partirá los dientes.

Glory soltó una risita histérica al imaginarse a

Jack, todo un oso, enfrentarse al también fuerte pero refinado gran felino que era Vincenzo.

–Ya he decidido decirle que sí. Solo será un año, Amie. Imagina cuánto bien podría hacer con diez millones de dólares.

–No tanto –rezongó Amelia–. Solo daría para una cuantas plantas purificadoras de agua. Si eres tan tonta como para acercarte al hombre que te hirió y humilló, pídele cien millones. Puede pagarlos, y es él quien tiene que limpiar la basura de su imagen con el brillo de la tuya. Por esa cantidad sí merecería la pena correr el riesgo.

Glory sonrió débilmente a su mejor amiga. Se habían conocido cinco años antes, trabajando para Médicos Sin Fronteras. Ambas eran profesionales que habían descubierto que necesitaban una causa, no una carrera. Amelia, experta en derecho internacional y corporativo, había ayudado a Glory a conseguir cosas que ella había creído imposibles. Amelia, por su parte, siempre decía que los conocimientos empresariales y financieros de Glory eran más importantes que la ley, en un mundo regido por el dinero.

–Quería que miraras esto… –le dio el acuerdo matrimonial como si la quemara–. Por eso te lo he dicho. Necesito tu opinión legal sobre esta joya.

–Caramba –dijo Amelia mirando el grueso volumen de tapa dura–. Por su aspecto y peso, dudo que «joya» sea la palabra adecuada. Bueno, veamos lo que ofrece el Príncipe Inquietante.

–Lo único que no ha incluido es el número de

cubiertos que debe haber en la casa antes de entregarte «la última parte de la compensación monetaria a la finalización del trato» —bufó Amelia, dejando el documento en la mesa.

–¿Tan malo es?

–Peor. El tipo añade cláusulas a las cláusulas, como si estuviera tratando con un criminal.

Él ya debía saber que no había tenido nada que ver con las acciones de su padre y hermano, y que apenas había tenido contacto con ellos en los últimos años. Se preguntó si Vincenzo era así de paranoico con todo el mundo.

–¿Quieres mi opinión? –Amelia sacó a Glory de su ensimismamiento–. Teniendo en cuenta ese contrato y el comportamiento de ese tipo, pídele mil millones de dólares, Glory. Por adelantado. Y después de la boda, machácalo.

Amelia insistió en diseccionar el contrato y anotar los cambios que Glory tenía que exigir. Eran más de las dos de la mañana cuando se fue.

El timbre del teléfono rompió el silencio.

–¿Estás despierta? –ronroneó una voz profunda.

–Lo estoy, gracias a un príncipe pesado.

–Así que sigues despertándote dispuesta.

No dijo para qué, no hizo falta. Siempre había estado dispuesta cuando se despertaba en sus brazos. Incluso en ese momento, aunque su mente lo habría despellejado, su cuerpo respondía a su inexorable influencia.

–Si te he despertado, me alegro. No debería ser el único incapaz de dormir esta noche –susurró él.

–¿Te remuerde la conciencia? –a su pesar, sonó más sensual que cortante–. ¿O te deshiciste de ella hace tiempo? ¿O no la has tenido nunca por un fallo genético?

–No me hace falta en esta situación –rio él–. Como dije antes, mi oferta es beneficiosa para todos, empezando por ti. ¿Qué has decidido?

–¿Acaso puedo decidir? Eso es nuevo.

–Te dije que la decisión era tuya. Pero no podía esperar hasta mañana para escucharla.

–Me alegro, así no tendré que esperar para decirte que no quiero volver a saber nada de ti.

–Esa no es una opción. Serás mi princesa temporal y, como tal, me verás a menudo. Solo te pregunto si has decidido verme en toda mi gloria.

–Veo que has decidido desarrollar el sentido del humor y has tenido que empezar desde cero –resopló–. Eso explicaría el infantilismo de tus juegos de palabras.

–Te pido disculpas –su voz era pura tentación–. Dime, ¿cuándo dejarás que te desnude, adore, posea y disfrute de cada centímetro de tus nuevas y explosivas curvas, para placer de ambos? ¿Cuándo dejarás que te bese, acaricie y lama hasta llevarte al orgasmo, para después hundirme en ti y acompañarte al paraíso?

Ella dejó escapar el aire de golpe. Las imágenes asolaron su mente, junto con el recuerdo de la desesperación de añorar sus caricias.

–Cada centímetro de ti se ha revaluado. Siempre fuiste impresionante, pero los años te han madurado hasta un punto exquisito. Cada segundo que estuviste en mi casa anhelé tocar y saborear cada recuerdo y cada novedad. Ahora me muero por explorar y devorar cada parte de ti. Y sé que tú también me necesitas dentro de ti. Siento tu excitación incluso a distancia. Pero si crees que no estás preparada aún, iré a persuadirte. Te recordaré cómo era entre nosotros, te demostraré lo mucho mejor que puede ser ahora que somos más maduros y sabios y estamos seguros de lo que queremos.

–Ahora que soy más madura y sabia, ¿crees que te dejaría poseerme, como cuando era joven y estúpida? ¿Sin garantías?

–¿Quieres un anillo antes? Puedo llevarlo conmigo ahora mismo.

–No. No me refería a eso… –tragó saliva–. No a garantías materiales, sino a la garantía de ser tratada con respeto cuando decidas que ya no resulto «conveniente».

–Enterremos el pasado. Ahora somos personas distintas –farfulló él tras un breve silencio.

–¿Lo somos? Puede que tú sí, seas lo que seas. Pero yo sigo siendo la misma de hace seis años. Solo mayor y más sabia, y consciente de que lo que sugieres sería dañino a largo plazo. Y si me convierto en tu princesa, temporal o…

–Cuando seas muy princesa –interrumpió él–. Pero basta con que digas una palabra y estaré adorando tu glorioso cuerpo en menos de una hora.

–Exijo tener voz en los detalles, ya que no puedo tenerla en lo fundamental. Si un anillo forma parte de esta charada, quiero elegirlo. Lo recuperarás al final, pero soy yo quien lo llevará puesto, y un año es mucho tiempo.

–Entonces lo elegirás. Eso y cuanto quieras. Como mi princesa tendrás cuanto desees.

–Curioso. Tengo un contrato de doscientas páginas que detalla que no podré tener nada.

El silencio se alargó unos segundos.

–El contrato es solo para… –calló, como si no encontrara las palabras correctas.

–Protegerme de cualquier idea oportunista que pueda tener al final del contrato –lo ayudó ella–. Por eso es raro que me lo ofrezcas todo al inicio. No es que quiera nada de ti, solo estoy señalando las contradicciones.

–He cambiado de opinión –afirmó él.

Por lo visto, estaba retirando la oferta de que podía tenerlo todo. Debía de haberlo dicho para conseguir su objetivo sexual. A ella no le extrañó.

–No tienes que firmarlo si te parece excesivo. Y no tienes que decidirte ahora. Y eres libre de decir que no. Por supuesto, no dejaré de intentar persuadirte, pero por ahora puedes volver a dormir. Mañana te recogeré a las cinco para ir a elegir el anillo. Siento haberte despertado –colgó.

Ella se quedó mirando el teléfono, atónita. Por lo visto había un cuarto hombre dentro de él.

No sabía en qué se estaba metiendo ni con cuál de esos hombres. Si era con todos ellos, acabaría volviéndose loca de confusión y deseo, tal vez hasta el punto de la autodestrucción.

Pero no tenía otra opción. Entraría en su guarida y pasaría un año allí. Era dudoso que consiguiera salir de ella entera.

No, dudoso no. Imposible.

Capítulo Cuatro

–¡Imposible!

Vincenzo ladeó la cabeza ante la estupefacción de su ayuda de cámara. Su cariño por Alonzo hizo que sus labios, tensos desde su conversación con Glory la noche anterior, se relajaran.

Incluso por teléfono, ella se había metido en su piel, trastornándole el sentido común. No tendría que haberla llamado, pero no había podido aguantarse. Además le había dejado claro que ardía de deseo por ella.

Y al oír un deje de decepción e indignación en su voz, le había ofrecido todo para borrarlo. Había renunciado a las precauciones que su mente, y más aún su abogado, creían imprescindibles.

Recordó el momento en que Alonzo lo había agarrado de los hombros.

–¿Bromeas? El otro día me lamentaba de que ambos acabaríamos viejos y solteros. Pero tú nunca bromeas –los ojos verdes se habían abierto de par en par–. Es en serio. Vas a casarte.

No le había explicado a Alonzo cómo ni por qué. Quería que creyera que era algo auténtico, y que lo gestionara todo como si lo fuera.

–¿Cuándo? ¿Cómo? –Alonzo se había agarrado

la cabeza con dramatismo–. Conociste a una mujer, te enamoraste, decidiste casarte, se lo pediste y aceptó, ¿y no me dijiste nada?

Alonzo era como su sombra desde la adolescencia; se anticipaba a sus deseos y era meticuloso en su apoyo y resolución de problemas, tanto en el trabajo como en lo personal. Había tenido que enviar a Alonzo a realizar una gestión innecesaria para que no se enterara de su encuentro con Glory.

–¿Quién es? Es lo más importante –dijo Alonzo, inconsciente del torbellino emocional que asolaba a Vincenzo–. Por favor, no me digas que es una de las mujeres que luces ante los paparazzi.

Alonzo era el único que sabía que la reputación de Vincenzo era una farsa para mantener alejadas a las mujeres. En ese sentido, la imagen de playboy sin escrúpulos daba mejor resultado que la de príncipe científico. Un año después de romper con Glory había empezado a contratar a «acompañantes», para dar esa imagen.

Había intentado tener relaciones con mujeres no contratadas, pero habían durado poco. No conseguían interesarlo. Alonzo había llegado a preguntarle si había cambiado de orientación sexual, escandalizándose cuando le dijo que había decidido abstenerse del sexo un tiempo. A su modo de ver, un hombre viril tenía la obligación de dar y recibir placer en la medida de lo posible. Mientras no estuviera comprometido, claro.

El problema era que, aunque Vincenzo no tenía pareja, su cuerpo parecía pensar que sí. Tenía a Glory grabada a fuego en sus células.

Decidió contarle a Alonzo, un romántico sin remedio, lo que le quería oír. Lo que había sido verdad, si obviaba los detalles feos y dolorosos.

–Se llama Glory Monaghan. Una americana que fue mi consultora ejecutiva, y ahora es consultora de proyectos humanitarios. Me enamoré de ella cuando estuviste en Brasil, con Gio. La historia acabó mal. Pero Ferruccio me ha conminado a casarme para limpiar mi imagen y representar a Castaldini ante la ONU. A pesar de cómo nos separamos, y de los años transcurridos, fue en ella en quien pensé. La busqué y descubrí que me atraía tanto como antes. Las cosas siguieron su curso y… voy a casarme con ella.

–Oh, *mio ragazzo caro*! No tengo palabras –los ojos de Alonzo se llenaron de lágrimas.

Alonzo lo envolvió en un abrazo paternal.

–Por favor, dime que me vas a dar tiempo suficiente para organizarlo todo –dijo Alonzo, con ansiedad, tras soltarlo.

–Cualquiera pensaría que estamos hablando de tu boda, Alonzo –dijo Vincenzo, sonriente.

–¡Ojalá lo fuera! –dijo Alonzo, entre burlón y resignado–. Pero si Gio no me lo ha pedido en estos quince años, dudo que vaya a hacerlo ahora.

Era una de las razones por las que Vincenzo pensaba que Giordano Mancini era un estúpido. Todos el mundo sabía que Alonzo era su pareja, pero Giordano parecía creer que si no lo admitía abiertamente se libraría de los prejuicios asociados a las relaciones homosexuales. Hombre de negocios de una familia tradicional, sabía que obviarían su orientación sexual siempre que no hiciera alarde de ella.

Eso indignaba a Vincenzo. Consideraba a Giordano un cobarde que fallaba a Alonzo para protegerse a sí mismo. Los matrimonios del mismo sexo aún no se aceptaban en Castaldini, pero Vincenzo le había dicho a Gio que los apoyaría y haría que los respetaran, personal y profesionalmente. Eso no había sido suficiente para Gio, que había convencido a Alonzo de que siguieran como estaban. Pero era obvio que Alonzo seguía añorando una validación pública de su relación, y celebrarla por todo lo alto.

Vincenzo lo miró fijamente. Todos pensaban que era muy distinto del hombre, catorce años mayor que él, que lo había acompañado desde que cumplió los diez años. Solo él sabía cuánto se parecían. Además de su atención por los detalles y por el cumplimento de objetivos, compartían algo esencial: la monogamia. La única razón de que no le dijera a Alonzo que se librara de su pareja, era saber que Gio le era totalmente fiel. Vincenzo se había asegurado de eso; pero nada libraría a Gio de su furia si la situación cambiaba.

–Esto es peor –dijo Alonzo, interrumpiendo sus pensamientos–. Es tu boda. ¿Sabes cuánto tiempo he esperado este día?

–Más o menos desde que tenía veinte años.

Hace dos décadas que empezaste a desear que llegara el improbable día de mi boda.

—¡Pero ya no es improbable! Me gustaría besar al rey Ferruccio por hacerte tomar la decisión.

—Te gustaría besar a Ferruccio con cualquier excusa —bromeó Vincenzo.

Alonzo empezó a asolarlo con preguntas sobre fechas, preferencias, Glory y todo lo necesario para empezar a preparar La Boda del Siglo. Insistió en conocer a Glory cuanto antes, para conocer sus gustos y crear el entorno ideal para «la joya real» de Vincenzo.

Solo lo dejó en paz cuando le dijo que tenía que prepararse para ir a elegir un anillo con Glory. Alonzo se fue, casi saltando de excitación por los preparativos que tenía ante sí.

Una vez solo, Vincenzo se concentró por completo en organizar la expedición. Después, decidió ducharse para que el agua caliente le relajara, porque se sentía a punto de explotar. Tenía la sensación de que sufriría daños permanentes si no pasaba toda la noche encima ella, dentro de ella, satisfaciendo el hambre que lo había asolado desde que había vuelto a verla.

A pesar de su agonía, se alegraba de que ella se le hubiera resistido. Eso era lo que quería, el esfuerzo y la excitación del reto. Y ella le había dado eso y más. Había exigido elegir el anillo.

Eso le había desatado algo en su interior. Su plan había tomado vida propia, ya no tenía el control de la situación. Y eso le encantaba.

«Te ha hechizado de nuevo», pensó.

Sonrió para sí. Su cautela e instinto de supervivencia solo le habían dado melancolía y soledad. Estaba harto de ambas cosas. Sabía que sin ella se sentiría así eternamente. Verla le había demostrado que solo ella le devolvía a la vida.

«Aunque sientas eso, es una ilusión. Siempre lo fue». Pero, si esa ilusión le hacía sentirse tan bien, podía permitirse sucumbir a ella.

«¿Y si saber que lo es no basta para protegerte cuando todo acabe?». Frunció el ceño.

Sin embargo, cualquier cosa sería mejor que la situación en la que se encontraba. Tras separarse de ella, se había centrado en su investigación, en su empresa y en obligaciones básicas: comer, hacer ejercicio y dormir. Cosas rutinarias en un interminable ciclo de vacío emocional.

Pero ya no volvería a estar solo. Daría rienda suelta a esa obsesión sexual que solo ella alimentaba y satisfacía. Durante un año.

«¿Y si no te basta? ¿Y si te hundes tanto que no puedes volver a salir a flote? La última vez casi te ahogaste, y los daños fueron irreversibles».

Aun así, iba a hacerlo. Iba a aprovechar cada segundo con ella, a pesar de los riesgos. Nunca tendría un matrimonio auténtico, ella había sido su única oportunidad. Ya había vivido lo peor, así que estaba preparado. Si al final del año seguía deseándola, negociaría una ampliación del acuerdo. Las que hicieran falta para apagar su pasión. Tenía que extinguirse, antes o después.

«¿Y si te consume? Esperas que no lo haga, aunque la experiencia sugiera lo contrario».

Después de seis años vacíos, salvaguardando sus emociones hasta atrofiarlas, buscando el éxito hasta dejar que se tragara su existencia y aburrirse hasta la muerte, tal vez había llegado el momento de vivir peligrosamente. De dejarse consumir.

No le importaba, siempre que la arrastrara en su estela. Estaba deseando lanzarse a ese infierno.

Aunque había estado contando los segundos hasta que sonara el timbre, el corazón de Glory se desbocó cuando sonó, a las cinco en punto.

Se secó las manos húmedas en los pantalones y fue lentamente hacia la puerta. Cuando la abrió, fue como si un coche la atropellara. Vincenzo parecía un calco de la primera vez que había aparecido en su umbral.

Le dio vueltas la cabeza al recordarlo.

Un traje azul marino y una camisa gris plata del mismo tono que sus ojos se ajustaban a su espectacular cuerpo. El cabello ondulado le rozaba el cuello de la camisa, exponiendo su frente leonina. Incluso olía igual que antes, a pino y brisa marina, menta y almizcle. El aroma era tan intenso como un afrodisíaco. No le cabía duda.

Tal vez había aparecido así a propósito, para recordarle que ya había estado allí antes. La única diferencia era la madurez que acrecentaba su atractivo. También captaba algo distinto en su mirada, en su sonrisa. Una promesa de que no habría ni reglas ni límites.

Pero eso no cuadraba con un hombre que imponía más limites y normas a su vida que los que exigían sus experimentos científicos. Con el príncipe que la obligaba a casarse con él para cumplir las normas sociales que exigía su país.

A pesar de todo, en ese momento lo que más deseaba era hacerlo entrar y perderse en su deseo de poseerla, devorarla, para así resurgir del desierto al que la había arrojado al dejarla.

–*Ringrazia Dio*, por cómo me miras, *bellissima*… –dijo, arrinconándola contra la pared. Su envergadura apagó la luz que entraba por la ventana del vestíbulo. La envolvió con su aura–. Como si te murieras por saborearme. Me alegro de no ser el único que se siente así.

Había dicho lo mismo aquel primer día, y Glory lo odió por jugar así con ella. La ira la sacó de su estupor sensual y lo taladró con la mirada.

–Te habrías ahorrado el viaje si hubieras leído mis mensajes –le espetó.

Él llevó las manos a su pelo y se lo apartó de la mejilla. Después se inclinó hacia su boca.

–Los leí, pero decidí ignorarlos –susurró.

–Peor para ti. Lo que decían era cierto, te guste o no. No iré a ningún sitio contigo. Dame el anillo que tengas, me da igual.

–Habría traído uno si me hubieras dicho que sí esta mañana –replicó él, echándose hacia atrás.

–Bueno. Pues cuando lo tengas, envíalo con

uno de tus lacayos. Y envíame instrucciones por correo electrónico cuando quieras que inicie la campaña de limpieza de tu imagen.

–Veo que crees que no me acompañarás porque no te has vestido para la ocasión –estaba preciosa con camiseta azul y vaqueros desgastados.

–No existe esa ocasión. Estoy vestida como corresponde para pasar la tarde en casa. Sola.

–Tienes que entender que hay una columna A, con cosas no negociables –le tocó la mejilla, provocándole un escalofrío–. Y una columna B, que podemos negociar o dejar a tu albedrío. Elegir una alianza pertenece a la columna A.

–Vaya, conviertes la supuesta galantería en coacción –dijo ella.

–Y tú reniegas de nuestro acuerdo con agresividad pasiva –le devolvió él.

–¿Qué acuerdo? ¿Te refieres a mi silencio ante la audacia de concertar una cita sin preguntarme si estaba libre?

–Estás de vacaciones. Lo comprobé.

–Tengo una vida personal, aparte del trabajo.

–Ya no –su sonrisa satisfecha hizo que ella deseara darle un bofetón–. Déjate de pataletas y te llevaré a elegir el anillo.

–La pataleta es tuya por insistir. No exigí elegir el anillo porque dudara de tu impecable gusto, quería dejar claro mi punto de vista, pero no tenía sentido. No tengo elección, y simular que la tengo en cosas tan inanes no merece la pena. Así que no hace falta que alardees de generosidad dejándome elegir el diamante más grande, que sin duda es lo que esperabas que hiciera.

—Eso ni siquiera se me había ocurrido —la miró con seriedad—. Solo quiero que elijas todo lo íntimo y personal a tu gusto, sin imponerte el mío.

—Muy considerado por tu parte —se mofó ella—. Ambos sabemos que te importa un cuerno lo que opine. ¿Íntimo y personal? El anillo, o cualquier otra cosa que me des, será un disfraz para cumplir mi papel, que devolveré cuando acabe la farsa. Para tu tranquilidad, por si pierdo algo y para ahorrar en seguros, compra imitaciones. Todos creerán que son joyas genuinas, y encajarán mucho mejor en este asunto.

—Supongo que he hablado en italiano al decir que esto no es negociable —la miró, provocativo—. Será la razón de este fallo comunicativo.

—Dado que hablo un italiano decente, eso habría dado igual. Mi respuesta sigue siendo no. En los dos idiomas.

—Un no es inaceptable. ¿Acaso buscas que te persuada? —su mirada se volvió sensual.

Sabiendo cómo intentaría persuadirla, lo esquivó, fue al aparador y agarró el contrato matrimonial. Se lo dio con manos temblorosas. Él lo aceptó, sin dejar de mirarla.

—He firmado —dijo ella, casi sin aliento.

—Te lo di para que lo leyeras. Hay que firmarlo por duplicado, en presencia de nuestros abogados.

—Envíame tu copia para que la firme —dijo ella,

confusa por el deje de desaprobación, o tal vez desilusión, que había captado en su voz.

–¿Significa eso que no te parece excesivo? –su mirada se volvió escrutadora.

–Sabes que «excesivo» es quedarse muy corto. Solo te falta pedir que devuelva el bronceado que adquiera durante mi estancia en Castaldini.

–Entonces, ¿por qué lo has firmado? ¿Por qué no has pedido cambios?

–Dijiste que era innegociable.

–Creí que tu abogado lo miraría y te diría que no hay nada innegociable. Esperaba una lista alfabética de supresiones y modificaciones.

–No hacen falta. No quiero nada de ti. Ni ahora ni antes. Si pensabas que discutiría tus paranoicos términos, no sabes nada de mí. Sé que nunca creíste que mereciera la pena conocerme, y no espero que me trates con más consideración ahora, cuando no soy más que tu pantalla de humo. Me da igual cómo intentes protegerte, me vale así. Garantiza que estaré fuera de tu vida, sin vínculos pendientes, en cuanto acabe el año.

–Un año es mucho tiempo –dijo él, con voz profunda y oscura.

–Ya. Quiero empezar a cumplir mi condena sin plantear resistencia, para que me infrinja el menor daño posible durante su transcurso.

Él pareció taladrarla con la mirada, como si pudiera leer sus pensamientos y emociones. Eso también era nuevo. En el pasado siempre había sentido su lejanía, excepto cuando estaban entregados

a la pasión. Había sido el típico científico distraí-
do, volcado en su investigación, que apenas presta-
ba atención al resto del mundo.

Él dejó el contrato en el aparador y se volvió hacia ella con absoluta gracia y tranquilidad.

–Esperaré mientras te pones algo adecuado
para la ocasión. Si tardas, será un placer vestirte yo
mismo. También puedo desnudarte antes, para
placer de ambos. Recuerdo cuánto solías disfrutar
con ambas actividades –la mirada ávida de sus ojos
indicaba que cumpliría su amenaza con gusto.

Ella no podía arriesgarse, porque cabía la posibilidad de que acabara suplicándole que no se
conformara con desnudarla. Le lanzó una mirada
exasperada y, maldiciendo para sí, salió de la habitación mientras él se reía.

Media hora después, harta de hacer tiempo, salió del dormitorio. Lo encontró recorriendo el sa-
lón como una pantera enjaulada.

Él se paró y observó su nuevo conjunto. Viejo
conjunto. El traje de chaqueta crema y la blusa de
satén turquesa eran… adecuados. Ni siquiera los
zapatos de tacón y el bolso a juego añadían gla-
mour. Pero era el único traje que ella conservaba
de su época empresarial. Su guardarropa actual
solo contenía ropa utilitaria, o no habría elegido
ese traje nunca. Era el que había llevado a su entrevista de trabajo con él y después a cenar.

Ella no supo si recordaba el traje, porque su mirada ávida no cambió en absoluto. Decidió tomar-
le la delantera antes de que hablara.

–Si no te parece adecuado, peor para ti. Es el único conjunto que tengo. Puedes comprobarlo si quieres.

–Sin duda es adecuado para la ocasión. Aunque solo sea por motivos nostálgicos.

Así que se acordaba. Lógico. Su mente era como un ordenador.

–Pero tenemos que hacer algo respecto a las deficiencias de tu vestuario. Tu incomparable cuerpo debe lucir las mejores creaciones. Los genios de la moda mundial se pelearán para adornar tu belleza sin par con sus modelos.

–¿Te han diagnosticado algún desorden de personalidad múltiple? –rezongó ella–. ¿Cuerpo incomparable? ¿Belleza sin par? ¿Cómo se llama la persona que piensa esas cosas?

–Si nunca te dije que me dejabas sin aliento, me merezco un castigo –se acercó a ella–. En mi defensa, diré que estaba ocupado enseñándote.

–Sí, hasta que me enseñaste la puerta y me dijiste que era intercambiable por cualquier mujer lo bastante dócil y dispuesta.

–Te mentí –dijo él con voz clara y seca.

–¿Mentiste? –lo miró desorientada. Él asintió–. ¿Por qué?

–No quiero entrar en detalles. Pero nada de lo que dije tenía base verídica. Dejémoslo así.

–Y al diablo con lo que yo quiero. Pero, claro, tú conseguirás lo que quieres, da igual lo que yo desee y cuánto me cueste. No sé por qué sigo esperando algo distinto. Debo de estar loca.

Él pareció contener un impulso, tal vez el de explicar sus crípticas aseveraciones.

Sin embargo, ella necesitaba algo. Si las palabras que, tantos años antes, habían destrozado su psique como una ráfaga habían sido mentira, ¿por qué las había dicho? ¿Para alejarla? ¿Se había aferrado tanto a él que le había hecho sentir pánico?

«No». Se negaba a racionalizar el maltrato que él le había infringido, era inexcusable. Y lo que le estaba haciendo en el presente era mucho peor. Atrayéndola y alejándola a un tiempo. Despojándola de la estabilidad que suponía odiarlo, de la certeza de por qué lo hacía.

—Cenaremos antes —afirmó él, ayudándola a ponerse el abrigo.

—¿En serio esperas que coma después de esto?

—Retrasaré la cena hasta que tengas hambre. Para entonces, espero que el apetito pueda más que tu deseo de clavarme un tenedor.

Ella lo miró con desdén y salió del apartamento. En el garaje esperaba un Jaguar color borgoña sin chófer. Él se sentó al volante.

Por lo visto, no pensaba hacer su relación pública aún. Tal vez no había esperado que firmara el contrato matrimonial y había contado con seguir presionándola esa tarde.

Llevaban un rato en el coche cuando Glory comprendió que estaban saliendo de la ciudad.

—¿Adónde vamos? —le preguntó.

—Al aeropuerto —contestó él con una sonrisa.

Capítulo Cinco

–¿Al aeropuerto? –casi gimió ella.

–Cenaremos en el jet –la sonrisa de Vincenzo se amplió–. Volaremos hasta la colección más exclusiva de joyas del planeta, para que elijas tu anillo y lo que quieras –parecía complacido de haber vuelto a asombrarla.

–¿Y no se te ocurrió preguntarme si accedería a este ridículo plan tuyo? –ella estaba a punto de tener un paro cardiaco.

–Un hombre que se esfuerza por sorprender a su prometida, no la avisa antes de sus planes.

–Guárdate tus esfuerzos para cuando tengas una prometida que lo sea de verdad.

–Según tú, no conseguiré una auténtica ni aun teniendo todo el dinero y poder del mundo.

–¿Quién sabe? Algunas mujeres tienen tendencias destructivas. Y no dije que no pudieras conseguir una, dije que no la conservarías.

–Bueno, tú me vales. Y el tiempo que estés conmigo, haré cuanto pueda para sorprenderte –sus ojos chispearon con malicia.

–Preserva tu energía –rezongó ella–. Y líbrame de un infarto, odio las sorpresas. Siempre son desagradables. Sobre todo las tuyas.

–Te aseguro que este viaje no lo será.

–Me da igual cómo sea –suspiró, exasperada–. Y pensar que en otro tiempo creí que eras un cruce de hombre y máquina excavadora.

–¿Has cambiado de opinión? –enarcó las cejas con expresión divertida.

–Sí, eres una excavadora de pura raza.

Él echó la cabeza hacia atrás y soltó una sonora carcajada. Su risa invadió la mente de Glory como un torbellino, desequilibrándola.

–Cuidado con la risa, Vincenzo –murmuró–. Algo tan antinatural en ti podría ser peligroso.

–Podría acostumbrarme a esto –su risa volvió a resonar en el coche.

–¿Su alteza no se ha visto expuesta al sarcasmo antes? No me extraña, todos te doran la píldora, vayas donde vayas, desde que naciste.

–Lo cierto es que ya me he acostumbrado a que me laceres con tu deliciosa lengua. Espero que no la controles nunca.

–Si estás cerca, eso es físicamente imposible.

Él se rio e hizo algo aún más inquietante. Le agarró una mano y se le llevó a los labios.

Esos labios que la habían esclavizado con su posesión, que le habían enseñado la pasión y el placer que era capaz de experimentar su cuerpo. Ella apartó la mano como si la hubiera abrasado.

–No sé a qué estás jugando…

–Ya te he contado mi plan de juego –paró el coche y, serio, se volvió hacia ella–. Pero he tomado una decisión. Ya no me importa cómo empezara esto, solo me importa lo bien que me siento contigo. Me revitalizas. Cada una de tus palabras y miradas me da vida, y no pienso ocultarlo. Olvida por qué llegamos a esto…

–Porque me chantajeaste.

–… y permítete disfrutar, no lo controles ni te obligues a ocultarlo.

–Es fácil para ti decirlo y hacerlo. No te han amenazado con meter en prisión a tu familia ni te retienen como rehén un año.

–Eres mi pareja en un proyecto destinado a servir a mi país –la mirada se le suavizó–. Me ayudarás a acortar su distancia con el mundo para beneficiar a súbditos de generaciones venideras. Eres la prometida a quien llevo en un viaje sorpresa. Haré cuanto pueda para que lo disfrutes.

–Esa es la fachada que oculta la fea verdad –dijo ella. Se le cerró la garganta.

–Es la verdad, si dejas de lado los aspectos negativos.

–¿Aspectos negativos? Bonito eufemismo para hablar de extorsión –dijo ella.

–¿Te casarías conmigo si saco a tu familia de la ecuación? –preguntó él, pensativo.

–¿Insinúas que podría decir que no y no los denunciarás?

–Sí –afirmó él con expresión seria.

–¿Es un truco para tranquilizarme? ¿Para que deje de ponértelo tan difícil como te mereces? ¿Para que deje de resistirme y acabe en tu cama?

–Sí. No. Sin duda –al ver su confusión, se explicó–. No quiero que dejes de pincharme, estoy disfrutando tanto que he comprendido cuánta falta me hacía. Y desde luego, anhelo tenerte en mi cama –la rodeó con un brazo, atrayéndola hacia su cuerpo cálido y duro, deleitándola con su aroma–. Estoy dispuesto a hacer lo que haga falta para que corras a ella como solías hacer.

–¿Incluso si implica no usar tu baza ganadora? ¿Cómo puedo estar segura de que no dañarás a mi familia si digo que no?

–¿Cómo estabas segura de que no lo haría después de que dijeras que sí? Supongo que tendrás que confiar en mí.

–No lo hago –ya había confiado en él antes y sabía bien adónde la había llevado eso.

–Entonces, estamos en paz.

Ella se preguntó qué quería decir con eso. Pero antes de que pudiera expresar su desconcierto, la apretó contra sí y tomó su rostro entre las manos.

–No digas nada ahora. Olvidémoslo todo y dejémonos llevar. Deja que te regale esta noche.

Las palabras reverberaron entre ellos, dando al traste con la resolución de Glory. Los labios de él estaban muy cerca, intoxicándola. Odiaba anhelar su sabor, pero el deseo la estrangulaba. Bastaría con tocarlo para llenar el vacío que la desgarraba.

Pero no pudo hacerlo. Estaba paralizada. Vincenzo le había dado la opción de dar el primer paso y no se la quitaría. Justo cuando ella habría necesitado que lo diera él. Típico, siempre hacía lo opuesto de lo que ella deseaba. Eso la irritó.

Él, captando que no sería tan fácil conseguir un alto el fuego, le pasó un dedo por los labios y se apartó. Bajó del coche y fue a abrirle la puerta.

Se quedó boquiabierta al comprobar que estaba junto a un enorme avión que parecía una gigantesca ave de presa. Subieron la escalerilla y, una vez dentro, se quedó atónita. Había estado en otros aviones privados, pero palidecían en comparación con ese.

–Está claro que no te importa gastar unos cientos de millones extra cuando buscas el lujo –le espetó con sarcasmo.

–Viajo mucho, con empleados. Celebro reuniones a bordo. Necesito espacio y comodidad.

–Así que necesitas un castillo más en el cielo para solventar ambas necesidades, ¿eh? –rezongó ella con desdén.

–¿Consideras el de mi familia el primero de los de tierra firme?

–Y el segundo es tu futurística sede en Nueva York. No me extrañaría descubrir que tienes una estación espacial y un par de pirámides. Espera… –sacó su teléfono móvil.

–¿Qué estás haciendo? –tiró de ella, apretándola contra su costado.

–Calcular a cuántos miles de niños podría alimentar, vestir y educar durante años el coste de este enfermizo y flagrante símbolo de estatus.

–¿Llegaré alguna vez a adivinar lo que vas a decir a continuación? –soltó una carcajada. Aún riendo, la condujo hasta una escalera de caracol que llevaba a la cubierta superior–. ¿Así que el avión te parece demasiado pretencioso? ¿Un derroche que tendría que haber destinado a buenas causas?

–Cualquier «artículo» personal cuyo precio sea tan largo como un número de teléfono es un derroche que oscila entre lo ridículo y lo criminal.

–¿Aunque lo utilice para ganar millones de dólares, que destino a beneficiar a la humanidad?

–¿Fomentando la investigación, protegiendo el medio ambiente y creando puestos de trabajo? Ya. Olvidas mi experiencia laboral. He oído todos los argumentos. Y conozco los beneficios fiscales.

–Empezaste trabajando conmigo, sabes que no me dedico a esto para ganar dinero o alardear de poder y estatus.

–¿Ah, sí? La experiencia me ha demostrado que no sé nada de tu auténtico yo.

Sin contestar, él abrió una puerta pulsando un dispositivo de reconocimiento de huellas digitales. Tras ella había una suite privada, pura opulencia.

La llevó a uno de los sofás de cuero tostado e hizo que sentara con él.

Se centró en observar la luminosa sala. Una puerta doble conducía a lo que debía de ser un dormitorio. Sintió una especie de descarga eléctrica de mil voltios. Era el roce de su dedo en su mejilla.

–En cuanto a mi «auténtico yo», como tú lo llamas, si insistes en que no lo conoces, intentaré rectificar –se hundió más en el sofá. Sus rostros estaban tan cerca que ella podía perderse en el color increíble de sus ojos–. El auténtico yo es un pazguato que nació en una familia real y heredó montones de dinero. No ha derrochado esa fortuna gracias a los profesores que encaminaron su investigación y recursos al desarrollo de productos e instalaciones generadoras de dinero. Él nunca tuvo el temperamento ni el deseo de convertirse en un magnate corporativo.

–Sin embargo, «él» se convirtió en uno, despiadado como el que más –denunció ella, aunque, a su pesar, sonó casi como un halago.

–«Él», se descubrió siéndolo. Refuto que sea despiadado. Aunque gana mucho dinero, no es adoptando prácticas desalmadas. Simplemente, los métodos que le enseñaron son eficaces.

–Nadie podría haberte ayudado a ganar un céntimo, y menos una fortuna, si no hubieras descubierto algo ingenioso y de utilidad mundial.

–Y no habría conseguido convertirlo en realidad sin las enseñanzas de esas personas.

A ella se le aceleró el corazón al recordar. Ella había insistido en educarlo respecto a las consecuencias del éxito y la necesidad de que sus departamentos de investigación y desarrollo trabajaran sincronizados para maximizar eficacia, productividad y beneficios.

Esa había sido otra de sus injusticias; la había desechado basándose solo en su papel sexual, como si nunca le hubiera dado nada más.

–Tú estás a la cabeza de esa lista –dijo él, pasándole un dedo por la mejilla.

Ella parpadeó.

—Te debo más por las malas decisiones que no tomé, que por las buenas que sí tomé.

—¿Esa admisión es parte de tu estrategia para hacer que me sienta cómoda? —sus emociones fluctuaban como un yoyo.

—Es la verdad.

—No decías eso hace seis años. Ni hace cuarenta y ocho horas.

—No es toda la verdad, lo admito —los ojos de él se velaron, melancólicos—. Pero estoy harto de simular que no hubo cosas buenas. Las hubo, y maravillosas. Y fuera cual fuera la razón por la que me ofreciste tu guía, lo hiciste y la utilicé en mi provecho, así que… *grazie mille, bellissima*.

Esa vez, lo miró boquiabierta. No entendía qué quería de ella ese hombre.

—Sigo pensando que este nivel de lujo es un crimen —no iba a darle la satisfacción de aceptar su insuficiente y tardío agradecimiento.

—Siento poner coto a tu censura, pero no es mi jet. Es el Air Force One de Castaldini. Ferruccio lo puso a mi disposición en cuanto le hablé de ti, tiene mucha prisa por verme casado —sonrió para sí.

Glory, irritada, le dio una fuerte palmada en el brazo. La sorpresa inicial de Vincenzo se transformó en un ataque de risa.

—¿Ya te has divertido bastante a mi costa?

—Estaba disfrutando de tus ataques —rio él.

—¿Por qué no me dijiste que habías desarrollado tendencias masoquistas con la edad? No necesitas manipularme para que satisfaga tu perversión. Estoy programada, por defecto, para insultarte –le lanzó una mirada destructiva, pero el macho insensible que tenía delante se rio aún más–. Que el avión no sea tuyo no te exonera. Seguro que tienes varios. Pero eres tan tacaño que prefieres usar gratis el del gobierno.

–Condenado, tanto si sí, como si no, ¿verdad? –no parecía importarle demasiado, de hecho, alzó su mano y la besó como si acabara de halagarlo–. Esconde las garras, mi leona de ojos azules.

–¿Por qué? ¿No acabas de descubrir que te gusta que te desgarre? –rechinó ella.

–Sí. Pero funciona mejor cuando criticas mis auténticas lacras. Y no incluyen ser pretencioso y explotador. Si lo crees, desconoces mi trayectoria.

–¿Crees que eso es posible? –bufó ella–. Tu cara y tus éxitos aparecen en todas partes. Hasta cuando abro el grifo en casa. Tu empresa provee los servicios de calefacción de mi edificio.

Él volvió a reírse. Aunque ella deseó darle otro golpe, su sentido de la justicia lo impidió.

–Pero, entre tanta publicidad, sé que tu corporación financia sustanciosos programas de ayuda.

–El mundo en general desconoce esa parte de mis actividades. Me preguntó por qué lo sabes tú.

–Soy yo la que se pregunta qué buscas con tanta filantropía discreta. Si quieres hacer de Robin Hood, te harían falta unas mallas… –al ver que volvía a reírse, calló–. No tengo especial interés en hacerte disfrutar, así que no diré más.

–Te suplico que lo hagas –se inclinó hacia ella y le rozó la sien con los labios–. Dudo que pueda vivir sin que me bombardees con la metralla que sale de tu boca –deslizó los labios a su mejilla, sin duda para provocarla.

Ella se levantó de un salto.

–Si no vas a insultarme, ¿qué tal si utilizas tu boca para otra cosa? –inquirió él, impidiéndole el paso. Esperó a ver su destello de ira para adoptar una pose inocente–. ¿Comer?

–Estarás más seguro si no tengo cubiertos a mi alcance esta noche.

–Bobadas. No me preocupa. ¿Qué es lo peor que podrías hacerme con cubiertos desechables?

Glory se preguntó de dónde salía ese sentido del humor y por qué, si lo tenía, nunca antes lo había utilizado en su presencia. Sin responderle, fue al aseo. Necesitaba un respiro antes de enfrentarse al siguiente asalto.

Cuando salió, él se había quitado la chaqueta y remangado la camisa. No la habría afectado más verlo desnudo. Su imaginación estaba rellenando los huecos, o más bien, quitándole el resto de la ropa.

Él sonrió lentamente, sin duda consciente de lo que sentía. Después extendió una mano, a modo de invitación. Ella se acercó.

La anchura de sus hombros y su torso, sus musculosos antebrazos, salpicados de vello negro, abdomen duro, cintura estrecha, muslos fuertes y viriles la hechizaron.

El adjetivo magnífico se quedaba muy corto.

Él se sentó en el sofá y se dio una palmada en el regazo, para que se sentara sobre él.

Ella deseó hacerlo. Perder la cabeza por él, dejar que la sedujera, la poseyera y le robara la voluntad y el sentido a golpe de placer. Al diablo con la cautela y las duras lecciones aprendidas.

Antes de que decidiera saltar al abismo, él le agarró la mano y dio un tirón. Cayó a horcajadas sobre él y la falda se le subió por los muslos. En cuanto sintió la dureza y calor de su pecho y la presión de erección entre las piernas, su excitación la llevó casi al punto del desmayo.

Sintió sus manos enredándose en su pelo, atrayéndola para devorarla e inhalar su esencia. Ella echó la cabeza hacia atrás, arqueando el cuello para facilitarle el acceso. Ocurriera lo que ocurriera, necesitaba eso, lo necesitaba a él.

—Tocarte y saborearte es aún mejor que los recuerdos que me han atormentado, Gloria *mia*.

Ella gimió al oírlo decir su nombre como solía hacer, italianizándolo, haciéndolo suyo. Hizo que ardiera. Su forma de moverse, tocarla y besarla… Necesitaba más. Lo quería todo. Su boca, sus manos y su virilidad sobre ella, en su interior.

—Vincenzo…

El cuerpo de él replicaba la desesperación que reverberaba en el de ella. De repente, la giró y la puso bajo él. Le abrió los muslos y los situó alrededor de sus caderas, clavando su erección contra ella. Glory arqueó la espalda para acomodarlo, adorando sentir su peso y la mirada de sus ojos, que la vehemencia de la pasión había convertido en acero fundido.

—Gloriosa, divina, Gloria mía...

Se inclinó y cerró los labios sobre los suyos, marcándola, quemándola con las caricias de su lengua, tragándose sus gemidos y su razón. Ella cerró las manos sobre sus brazos, sintiendo que todos sus sentidos se perdían en una vorágine que anhelaba sus dedos, lengua y dientes, explorando cada uno de sus secretos, su virilidad llenando el vacío que se sentía, llevándola al paraíso...

—Despegaremos en cinco minutos, *príncipe*.

Él, mascullando una maldición, dejó de besarla y se apartó. Glory se quedó tirada, incapaz de moverse. Se había dejado llevar por la locura, pero seguía necesitándolo. Él la observaba con los párpados pesados, como si saboreara la imagen de lo que había conseguido. Después, la ayudó a incorporarse y le puso el cinturón de seguridad.

El avión empezó a moverse. Iban a despegar. Todo escapaba a su control, demasiado rápido. Glory no tenía ni idea de adónde iban.

—Vamos a Castaldini —le susurró él al oído.

Capítulo Seis

—Castaldini —repitió ella, dándole un manotazo para liberarse—. No, no iremos a Castaldini —siseó.

—¿Por qué no? —él se mordió el labio inferior, disfrutando claramente de su violenta reacción.

—Porque me has engañado.

—No he hecho nada de eso.

—Cuando dijiste que volaríamos, supuse que sería a otra ciudad, o como mucho a otro estado.

—¿Y yo soy el responsable de tu error? Te di una pista muy clara al decir que íbamos a la joyería más exclusiva del planeta. ¿Dónde pensaste que estaba?

—No sabía que estábamos jugando al Trivial. ¿Para qué ir tan lejos a por un anillo? ¿Y esa hipérbole sobre las joyas castaldinianas? ¿Es el exceso de orgullo nacional lo que te lleva a pensar que todo lo de Castaldini es lo mejor del mundo?

—No sé si todo pero, sin duda, las joyas de la corona de Castaldini son de lo más exclusivo.

—Las joyas de la coro… —fue incapaz de repetir la asombrosa información—. ¡Bromeas! ¡No puedo ponerme un anillo de la colección real!

—Mi esposa no podría lucir otra cosa.

—No soy tu esposa. Seré tu pantalla solo un año.

Pero, como dijiste, eso puede ser mucho tiempo. No quiero ser responsable de algo tan valioso –apartó sus manos cuando intentó abrazarla–. Durante la crisis de Castaldini, antes de la coronación de Ferruccio, la gente decía que si Castaldini vendiera la mitad de esas joyas, ¡cancelaría la deuda nacional!

–Propuse esa solución, pero los castaldinianos preferirían vender a sus hijos primogénitos.

–¿Y quieres que me ponga uno de esos anillos por una mentira? ¿Esperas que me pasee por ahí luciendo un tesoro en el dedo?

–Eso es exactamente lo que harás como mi esposa. De hecho, tú misma serás un nuevo tesoro nacional. Ahora que está todo claro…

–No está claro –masculló ella. Se sentía como si un remolino la estuviera atrapando–. No iré a Castaldini. Dile a tu piloto que dé la vuelta.

–Sabías que irías a Castaldini antes o después –razonó él. Su expresión de paciencia hizo que ella deseara darle un bofetón.

–Dijiste que podía decir que no a tu chantaje.

–Dije que no expondría a tu familia si decías que no –afirmó él, ecuánime–. Pero si dices que sí, me aseguraré de que no ocurra nunca.

–¿Qué quieres decir? –lo miró helada.

–Han cometido demasiados crímenes. Es cuestión de tiempo que alguien descubra lo mismo que yo. Cásate conmigo y haré cuanto esté en mi mano para limpiar los rastros de sus felonías.

–Eso sigue siendo el mismo chantaje.

–No. Antes dije que les haría daño si dices que no. Ahora digo que los ayudaré si dices que sí.

Ella sentía la mente tan liada como un ovillo de lana atacado por un gato.

–No veo la diferencia. E incluso si digo sí…

–Dilo, Gloria mía – le atrapó las manos y se las llevó hasta su musculoso pecho–. Consiente.

–Incluso si lo hago…

–Hazlo. Di que serás mi esposa.

–Bueno, vale, sí. Mira que eres insistente.

–¡Cuánto entusiasmo y cortesía! –rezongó él.

–Si crees que te debo alguna de esas cosas, estás loco. Esto no significa que haya cambiado nada. Sigue siendo una coacción. Y en ningún caso implica que acepte ir a Castaldini ahora.

–Dame una razón para estar tan en contra de ir –él se recostó, con expresión complacida.

–Podría darte un tomo tan grueso como tu contrato matrimonial.

–Me basta con una razón válida. Y, porque no quiero, no vale.

–Ya sé que lo que yo quiera no vale. Eso lo has dejado muy claro.

–He dejado claro que he cambiado de opinión –hizo un mohín tan delicioso que ella deseó morder esos labios que habían vuelto a hechizarla–. Sé flexible y cambia tú la tuya.

–Tampoco te debo flexibilidad. Me hiciste creer que este iba a ser un viaje dentro de mí país. No he firmado nada respecto a salir de él.

–Como esposa mía, lo harás. No para siempre.

–Ya, durante un año. Pero yo elijo cuándo empieza ese periodo.

–Me refería a que tendrás libertad para volver. Esta vez, puedes regresar a Nueva York mañana mismo, si es lo que quieres.

–No quiero salir de Nueva York. ¡No puedo viajar a otro país sin más!

–¿Por qué no? Siempre lo haces en tu trabajo.

–Esto no es trabajo. Y, hablando de eso, no puedo dejarlo todo sin avisar antes.

–Estás de vacaciones, ¿recuerdas?

–Tengo cosas que hacer, aparte del trabajo.

–¿Cuáles? –preguntó él, muy sereno.

–Yo también he cambiado de opinión. No eres una excavadora, eres un *tsunami*. Lo desenraízas todo y no cejas hasta tener el control.

–Aunque me encanta oírte diseccionar y detallar mis defectos, tengo hambre. Le pedí al chef que preparase platos típicos de Castaldini.

–No cambies de tema –protestó ella.

Él, ignorándola, se desabrochó el cinturón de seguridad y se inclinó para desabrochar el de ella.

–Ni siquiera en la comida me das opción.

Él se apartó y pulsó unos botones que había en un panel junto al sofá. Luego se puso en pie.

–Sí te la doy. Yo preferiría darme un festejo contigo y saltarme la comida. Te doy la opción de evitar lo que realmente deseas y optar por comer.

Ella se tragó la réplica. Sería tontería negarlo. Si no hubieran despegado, habría estado desnuda sobre él, suplicando y aceptando todo.

Exasperada, lo siguió. Tras un biombo de madera tallada, había una mesa puesta para dos. El mobiliario, del estilo característico de Castaldini del siglo XVII o XVIII, estaba montado sobre raíles unidos al fuselaje. La tapicería de las exquisitas sillas de caoba era de seda borgoña con estampado floral. La mesa redonda estaba cubierta con un mantel de encaje, sobre organdí borgoña, decorado a juego con la vajilla de porcelana. Velas encendidas, un jarrón con rosas rojas y crema, servilletas de lino, copas de cristal y cubiertos de plata, con el monograma real de Castaldini, completaban el espectacular conjunto.

–No puedo imaginarme aquí al rey Ferruccio –dijo ella cuando le apartó la silla.

–¿Sigues creyendo que es mi jet? –preguntó él enarcando las cejas y sentándose frente a ella.

Ella ni siquiera se había planteado dudar de su palabra. Una prueba más de que algunas personas eran tan tontas que no aprendían nunca.

–No es eso –suspiró–. Todo el avión es digno de un rey. Pero este rincón es demasiado...

–¿Íntimo? –apuntó–. Esto lo diseñó Clarissa, como nido de amor para ella y Ferruccio.

–¿Seguro que no le molesta que lo invadas? –Glory alzó la cabeza; se sentía como una intrusa en un lugar destinado al placer de otros.

–Fue él quien escaneó mis huellas digitales en los controles de acceso.

–Bueno, pero, ¿estás seguro de que lo habló antes con la reina Clarissa?

–Estoy seguro de que, si no lo hizo, le encantaría que ella lo castigara por su travesura.

–¿Otro D'Agostino fetichista del maltrato a manos de una mujer? –los labios de Glory se curvaron al imaginarse al rey Ferruccio recibiendo una azotaina de su bella reina.

–Ferruccio dejaría que Clarissa bailara claqué encima de él y pediría más. Pero ella, un ser angelical, no se aprovecha de su poder sobre él –su expresión se suavizó mientras hablaba de su reina y de su primo. Aunque Clarissa era hija del rey anterior, se había sabido poco de ella hasta que se convirtió en esposa del rey ilegítimo. Desde su boda se había convertido en uno de los personajes reales más románticos del mundo.

Glory solo había oído cosas buenas de ella. Se le encogía el estómago al captar el cariño de Vincenzo por la mujer, ser testigo de un afecto y ternura que no había sentido por ella. Que ella no había sido capaz de despertarle.

Vincenzo pulsó un botón del panel de control. La puerta de la sala se abrió. Segundos después, media docena de camareros de uniforme borgoña y negro, con el emblema real bordado en el pecho, entraron a la zona de comedor.

Ella les sonrió mientras colocaban las bandejas cubiertas sobre la mesa. El delicioso aroma hizo que el estómago le protestara con fuerza.

–Me alegra saber que tienes apetito de más cosas –dijo él. Es buen augurio que te interese más la comida que convertirme en diana de tu ira.

–Veo que te gusta vivir peligrosamente –ella levantó un tenedor, calibrando su peso–. ¿De plata? ¿No es mortal para los de tu clase?

–Si fuera de esa clase a la que te refieres –se recostó en la silla, plácido–, ¿no crees que disfrutaría con el reto del peligro?

Ella comprendió algo terrible: estaba disfrutando con el duelo de palabras y voluntades. Nunca había experimentado algo igual, y menos con él. Lo había amado con toda su alma, lo había deseado con pasión, pero nunca había disfrutado estando a su lado. Pero el nuevo Vincenzo era… divertido.

Divertido. Eso pensaba del hombre que casi la había secuestrado y la obligaba a aceptar un matrimonio temporal, al tiempo que la seducía porque podía hacerlo. Y a pesar de eso, seguía cautivándola. Se preguntó si era masoquista o si estaba desarrollando el síndrome de Estocolmo.

Él, ajeno a su torbellino emocional, reincidió en el tema que los ocupaba.

–No quiero que me destroces tirándome algo mientras intentas abrir el cangrejo… –le quitó el tenedor y el resto de los cubiertos y los puso en la bandeja de un camarero que se alejaba.

Ella decidió dejarse llevar y disfrutar.

–Podrías haberme dejado la cuchara –lo miró con ironía–. No suponía ningún peligro y me voy a poner perdida si bebo la sopa directamente del cuenco y limpio la salsa del plato con los dedos.

–Mánchate. Te limpiaré con la lengua.

Se inclinó y descubrió los platos y cuencos humeantes. Glory empezó a salivar con los deliciosos aromas. Él llenó un cuenco de sopa y la aderezó con eneldo y picatostes. Después, agarró su cuchara, la llenó, frunció los labios y sopló con sensualidad.

Ella se estremeció cuando alzó la cuchara hacia su boca. Vincenzo iba a darle de comer. Entreabrió los labios y tragó el cremoso y aromático líquido.

Un segundo después, él la besaba, posesivo, como si quisiera bebérsela, tragarse sus gemidos.

—*Meravigliosa, deliziosa…* —murmuró.

El estómago de ella volvió a rugir. Vincenzo se apartó con una sonrisa burlona.

—Así que la carne está deseosa, pero el estómago lo está más. ¿No podrías dejar de tener ese aspecto tan delicioso para que pueda seguir dándote de comer?

—¿Así que esto es culpa mía?

—Todo lo es, *gloriosa mia*. Todo.

Aunque lo dijo con tono indulgente, eso la confundió. No sonaba a broma. Sin embargo, a pesar de que unas horas antes había estado empeñada en resistirse a él, se rindió a sus mimos.

Sabía que lo que le ofrecía era temporal, pero esa vez estaba avisada y se sentía de maravilla. Se preguntó si valía la pena el dolor que podría llegar a sufrir después. Tal vez esa vez no lo superaría.

Miró los maravillosos ojos y permitió que su hechizo derrumbara el último pilar de su cordura. Tenía que admitir que lo había echado de menos como a un órgano vital.

Así que viajaría con él. Al coste que fuera.

***

–Aterrizaremos en unos minutos, príncipe.

El anuncio hizo que Glory girara de repente para mirar el reloj de pared. Parecía increíble que llevaran nueve horas en el avión. El tiempo nunca había pasado tan rápido ni de forma tan placentera. En vez de adormilarse, se había sentido deliciosamente lánguida y vital al mismo tiempo, electrificada, viva.

Estaban aterrizando en un lugar que había temido no visitar nunca. La patria de Vincenzo, un país de leyenda y tradición: Castaldini.

Había estado tan absorta en Vincenzo y la nueva afinidad compartida, que no había mirado por la ventanilla ni una sola vez. Estaban tumbados en el sofá, charlando y disfrutando.

–Aunque odio quitarte las manos de encima, tienes que ver esto –le apretó suavemente el muslo y, con un suspiro, le dio otro de sus devastadores besos–. Castaldini desde el aire es una maravilla.

Se levantó y alzó la cortinilla de la ventana que tenían a su espalda. Ella se arrodilló en el sofá para mirar. Sin embargo, solo fue consciente de él a su espalda, apretándola contra su erección y acariciando sus nalgas. Deseó suplicarle que pusiera fin al tormento que llevaba años creciendo en ella. Pedirle que la penetrara allí mismo, arrodillada, mientas se sentía vulnerable y abierta.

Él le succionó el lóbulo de la oreja, seductor.

–¿Lo ves, *gloriosa mia*? Ahí es donde volveré a hacerte mía, en esa tierra tan bella como tú.

–Me has quitado las manos de encima para sustituirlas con todo tu cuerpo –protestó ella, que latía de arriba abajo, exigiendo su invasión.

–No me lo digas a mí, díselo a tu cuerpo –le succionó el cuello, presionándola contra él–. Ejerce un control remoto sobre el mío. Mira ahora.

Ella no negó sus alegaciones. Dado cómo había estado respondiendo a cada caricia, le extrañaba que no la hubiera hecho suya aún. Tardó un segundo en mirar el lugar donde volvería a estar en sus brazos y a ser suya, el tiempo que durara.

Tal y como había dicho él, la imagen quitaba el aliento. La isla brillaba bajo el sol como una colección de gemas talladas. Palmeras y olivos color jade, tejados de rubí y granate sobre casas de ámbar y feldespato, carreteras de obsidiana. Las playas de oro blanco se unían al Mediterráneo turquesa y esmeralda.

–¿Cómo puedes irte de aquí y pasar tanto tiempo fuera? –le preguntó, asombrada.

–Espera a verlo desde el suelo –dijo él, complacido –la giró y, tras abrocharle el cinturón de seguridad, besó su mano–. Tienes razón, he pasado demasiados años lejos de aquí.

–Y cuando ocupes ese cargo en Naciones Unidas, será aún peor –apuntó ella con desilusión.

–Vendremos a menudo y pasaremos aquí el mayor tiempo posible. Podríamos quedarnos una temporada ahora. ¿Te gustaría?

Vincenzo le estaba preguntando si quería quedarse, pero no se había molestado en preguntarle si quería ir. Tal vez fuera parte de su campaña para tranquilizarla. Y si lo era, estaba teniendo un gran éxito. Espectacular.

Su solicitud la derritió. No se había atrevido a tomar parte activa en la seducción, pero se moría de ganas de tocarlo y saborearlo. Adoraba su piel satinada y bruñida como el bronce. Sabía que era así de arriba abajo, había explorado cada centímetro de su cuerpo en otro tiempo. Quería volver a hacerlo. Lo miró a los ojos y suspiró.

—Siempre que puedas conseguirme un cepillo de dientes mejor que el de cortesía de este avión.

Él le atrapó los labios en un beso triunfal.

—La siguiente vez que volemos, en este avión o en el mío, hablaremos, comeremos y pelearemos en la cama. Espero que sepas cuánto me ha costado no llevarte allí esta vez.

—¿Será porque es la cama de tu rey y tu reina?

—*Bellissima*, te recuerdo que cuando se trata de poseerte me da igual donde estemos.

Ella no necesitaba que se lo recordara. Había pasado años intentando olvidarlo. La había hecho suya en el trabajo, en el parque, en el coche, en todos sitios.

—Entonces, ¿por qué no lo has hecho?

—Porque quiero esperar a la noche de bodas.

***

Un Mercedes los esperaba. El chófer hizo una reverencia a Vincenzo, le entregó las llaves y corrió a otro coche. Vincenzo salió del aeropuerto y tomó una carretera que bordeaba la costa.

Ella observó el pintoresco paisaje. No sabía adónde iban, pero había dejado de resistirse y quería que la sorprendiera. Iba a disfrutarlo. No tener expectativas la liberaba y le permitía vivir el momento. Para una persona acostumbrada a preocuparse cada segundo, tanto despierta como dormida, era una sensación desconocida y fantástica. Como lanzarse en caída libre.

Vincenzo, el perfecto guía turístico, bromeaba y le contaba anécdotas sobre todo lo que veían. Dijo que la llevaría a la capital, Jawara, y al palacio real, más tarde. Antes quería enseñarle otras cosas.

Ella dejó que la magia de esa tierra de clima cálido y cielos brillantes la absorbiera.

El punto central era una ciudadela situada sobre una colina rocosa pero verde, que parecía salida de una fantasía. A sus pies, rodeada de naturaleza exuberante, se encontraba la ciudad, que parecía anclada en un pasado de otra época.

Flores silvestres, naranjos y olmos daban color al escarpado paisaje. Vincenzo abrió el techo del coche para que oyera el canto de los ruiseñores dándole la bienvenida.

Poco después cruzaron un foso y Glory tuvo la sensación de que había entrado en otra era.

Atravesaron unas enormes verjas de madera, rodearon una fuente de mármol y mosaico, en un patio adoquinado, y pararon ante la torre central. Vincenzo saltó del coche sin abrir la puerta y corrió su lado para sacarla en brazos.

Riendo por su actitud infantil, ella miró avergonzada a las docenas de personas sonrientes que iban de un lado a otro, contemplándolos.

Él subió las escaleras de piedra de un tirón, demostrándole que su peso no era nada para él. Sin duda, estaba en forma. Ella estaba deseando descubrir hasta qué punto.

En cuanto la dejó en el suelo, corrió a la terraza y se apoyó en la balaustrada para admirar la increíble vista que se extendía ante ella.

Vincenzo se situó a su espalda y le trazó un sendero de besos abrasadores desde la sien a la curva de los senos. Después, la giró hacia él, apretándola contra su torso.

—Divina mía, mi diosa, ahora sé qué le faltaba a este lugar. Tu belleza. A partir de ahora solo lo veré como el escenario perfecto donde adorarte.

Ella se preguntó cuándo había aprendido a hablar de forma tan extravagante. Tal vez con las mujeres que entraban y salían de su cama. Sintió que un puño se cerraba sobre su corazón, Vincenzo no era suyo. Nunca lo había sido.

Aun así, siempre había tenido la impresión de que las mujeres que lo rodeaban cumplían una función básica, no se lo imaginaba dándoles serenatas, ni adulándolas con poesía innecesaria.

Tal vez solo pretendía hacer que se sintiera mejor. Tenía que ser eso. Había dicho que su pasión por ella había sido real; fueran cuales fueran las razones de su crueldad pasada, ya no importaban. Aceptaría el paraíso mientras durara.

–Si es lo que quieres, posaré para una foto si alguna vez tienes que vender esto. Ya me imagino el anuncio, titulado «Propiedad en el paraíso». La verdad, ahora que lo he visto, me pregunto por qué no vives aquí la mayoría del tiempo.

–Puede que lo haga a partir de ahora.

Ella captó un interrogante en su tono, pero lo ignoró. A su pesar, sabía que el matrimonio era una locura sin futuro.

–¿Qué vamos a hacer aquí?

–Empezar a prepararnos para la semana que viene –respondió él.

–¿Qué ocurrirá la semana que viene?

Él la apretó contra la barandilla y le acarició el rostro con ojos que reflejaban el azul del cielo.

–Nuestra boda.

Capítulo Siete

–¿Nuestra boda?

A Vincenzo se le encogió el corazón al ver la expresión de Glory mientras repetía sus palabras.

Se preguntó si volvía a estar enfadada. Tras el mágico vuelo, en el que se había relajado hasta aceptar la situación y disfrutar a su lado, casi había olvidado cuánto se había resistido antes. Quería mantener la armonía, incluso si eso implicaba dejar que fuera ella quien tomara las decisiones a partir de ese momento.

–Dios, me había prohibido repetir tus palabras como un loro incrédulo –agitó las manos–. ¡Y vas y dices algo que me obliga a hacerlo!

Era cierto que, a menudo, ella había parecido deliciosamente sorprendida. Por lo visto, le molestaba repetir sus palabras como un loro.

–¿Por qué lo que he dicho es digno de repetición incrédula?

–¿No te oyes cuando hablas? ¿O ha sido otro Vincenzo el que ha dicho que nuestra boda será la semana que viene? –sonrió con descaro. Él solo pudo pensar en esos jugosos labios bajo los suyos, dejando escapar gemidos de placer. La miró de arriba abajo, anhelante de deseo.

–Soy el único Vincenzo que ha hablado. ¿Una semana te parece demasiado? Puedo adelantarlo. Debería. Dudo que aguantemos una semana.

–Eso es lo que tiene el sentido del humor recién adquirido –ella esbozó una sonrisa traviesa–. A veces es incontrolable. O uno no sabe cómo utilizarlo. Espero que aprendas pronto.

No era la primera vez que ella comentaba eso. Vincenzo se preguntó si realmente había sido tan serio antes. Suponía que sí. Había estado demasiado centrado en lo que creía importante como para permitirse cualquier tipo de ligereza.

En aquella época había pensado que eso encajaba con la mujer enérgica y seria que había creído que era Glory, tanto en el trabajo como en la pasión. No había sabido que poseía un ingenio delicioso y retador, y había aceptado esa carencia. Pero empezaba a entender que era su carácter agrio lo que había puesto freno a la chispa de ella.

Se preguntó qué más se habría perdido y si podía estar equivocado en otras cosas. Pero tenía pruebas. Había sufrido el impacto de esa bomba una vez y no permitiría que volviera a destrozarlo.

Lo importante era que ella parecía disfrutar con su alegría y despreocupación. Lo habían pasado muy bien en el avión, divirtiéndose y alimentando el deseo a un tiempo. Quería más.

–Tienes razón. Es ridículo pensar que puedo esperar unos días. Nos casaremos hoy –era fantástico pincharla, absorber sus reacciones, esperar sus dardos de respuesta.

–Esto es peor de lo que había temido. Ese programa humorístico que te has instalado tenía un virus maligno. Tendremos que desconectarte el cerebro y formatearlo.

–Me gusta mi descontrol –la atrajo hacia su cuerpo, gruñendo de placer–. ¿Quieres que acelere el tema del catering, el sacerdote y los invitados? Puedo tenerlo todo organizado para las ocho.

Ella se arqueó para mirarlo, apretando sus curvas contra él e incrementando su excitación.

–Primero golpea al oponente con una oferta ridícula y, mientras aún boquea de asombro, lanza otra de auténtica locura, para que acepte la primera y menos mala.

–No eres mi oponente.

Al ver que ella enarcaba una ceja, burlona, Vincenzo volvió a desear poder borrar el pasado lejano y reciente. Habría dado cualquier cosa por empezar desde ese punto, tal y como eran en ese momento, sin pasado que embarrara su disfrute ni futuro que pudiera ensombrecerlo.

–No te burles –dijo, acariciándole el ceño. Se apretó contra ella, demostrándole lo que sentía. Los ojos de ella, rivales del cielo de Castaldini, se oscurecieron; y su cuerpo se moldeó al suyo. Él gruñó de placer–. Entiendo que quieres retrasar la boda hasta la semana que viene.

Una risa entrecortada hizo que los suaves senos se estremecieran contra su torso, haciéndole preguntarse cómo había conseguido controlarse para no tenerlos ya en sus manos, en su boca.

–Y después, hace que todo parezca una decisión de su oponente.

–No hay oponente. Él está negociando.

–Sé olisquear una negociación a un kilómetro de distancia. Y no detecto ni rastro de ella.

–Eso debe de ser porque aprendí el método de negociar sin que se note de una maestra del arte.

–Creo que, más que enseñarte, te lo traspasé. No he podido volver a acceder a esa destreza ni siquiera cuando más la necesitaba.

–Pero tu decisión de posponer la boda es buena –le acarició un mechón del cabello satinado, que brillaba bajo el sol–. La semana que viene hará un tiempo ideal para celebrar una boda.

–Siempre lo hace en Castaldini –curvó un labio y lo miró con pánico–. Hablas en serio, ¿verdad? –al ver que asentía, le agarró las solapas de la chaqueta–. ¿Qué quieres decir con boda?

–¿Es que la palabra tiene más de un significado? –esa vez fue él quien alzó una ceja.

–Creía que íbamos a buscar un anillo, firmar una licencia matrimonial e informar al rey para que pueda enviarte oficialmente a tu puesto en Naciones Unidas –dijo ella, moviendo la cabeza.

A él le dolió que solo esperase un frío ritual, acorde con la descarnada propuesta que le había hecho cuarenta y ocho horas antes. Lo entristeció lo que podría haber tenido con la mujer que su corazón y su cuerpo habían elegido, y que no podría tener nunca. Aflojó los brazos y captó que ella se estremecía, insegura.

Le dolía verla desprotegida. Odiaba ver vulnerabilidad en sus ojos indómitos. Se obligó a sonreír y le acarició la mejilla.

—Si esperabas esa clase de boda ¿por qué te sorprendió que mencionara la semana que viene? ¿U hoy? La ceremonia que has descrito podría celebrarse en un par de horas.

—Perdóname si me desconcierta la idea de cualquier tipo de ceremonia. Nunca he estado casada, y fijar una fecha, y tan cercana, me hace darme cuenta de lo que va a ocurrir –intentó aparentar coraje, pero le temblaron los labios.

Él no pudo seguir negando que su instinto le gritaba que no era la manipuladora que había creído que era. Esa persona habría aceptado el trato y aprovecharía para sacarle cuanto pudiera. Ella no lo hacía; parecía conmocionada.

Por primera vez, se puso en su lugar. Se encontraba en una tierra extraña, sin derecho a elegir y sin familia. Su única compañía y apoyo era el hombre que lo había originado todo. Tenía que sentirse perdida e impotente. Algo aterrador para una mujer que era dueña de su destino desde hacía muchos años.

Tomó una decisión. Si obviaba la terrible mancha de su traición, podía unir a la mujer que había amado con la que tenía delante, que reía con él y a quien deseaba. No la quería por coacción.

—No es necesario que ocurra.

—¿Qué quieres decir? –lo miró desconcertada.

—Que no tienes que casarte conmigo.

Glory se preguntó si el sol le había recalentado el cerebro. Eso explicaría que sintiera y oyera cosas que no podían ser reales. Cuando Vincenzo se había apartado de ella, se había sentido sola al borde de un precipicio, a punto de volver a caer al abismo del pasado, rechazada de nuevo.

–¿No tengo que casarme contigo? –repitió. Tragó saliva con ansiedad–. Hace un minuto querías que me casara contigo dentro de siete horas o de siete días, y ahora… ¿A qué juegas?

–A nada. Se acabaron los juegos, Glory –se metió las manos en los bolsillos–. Tranquila, aun así, ayudaré a tu familia. Por supuesto, nunca más podrán falsificar un cheque o robar un céntimo.

–¿Lo dices en serio? –a ella casi se le paró el corazón–. ¿Y el decreto del rey Ferruccio?

–No sé. Tal vez pida matrimonio a otra mujer.

–¿Por qué? –Glory no soportaba la idea de que se casara con otra, aunque fuera por compromiso.

–He comprendido lo inapropiado que es todo esto –se encogió de hombros, meditabundo.

Ella pensó que no solo era intrigante, le destrozaba los nervios y le rompía el corazón. Seguramente sufría un desorden bipolar. Nada más podía explicar sus súbitos cambios de humor.

–Puedes volver a casa cuando quieras. Puedo escoltarte o poner el avión real a tu disposición.

Ella, sintiendo que el mundo se hundía bajo los

pies, se apoyó en la balaustrada. Él hablaba en serio. La estaba dejando en libertad.

Pero ya no quería ser libre. Había pasado años alimentando la ilusión de estabilidad. Como un huracán, él había puesto fin a su paz simulada y expuesto la verdad de su caos, la amargura de su soledad.

Ya había sucumbido y tejido un mundo de expectativas sobre el tiempo que iba a pasar con él. Ni en sus peores sueños había creído que acabaría antes de empezar. Sin embargo, él iba a devolverla a su interminable espiral de vacío.

Se apartó de la balaustrada y miró el bello paisaje, con los nervios a flor de piel.

En el pasado, Vincenzo la habría llevado allí porque quería compartir su hogar con ella.

En el presente, la había llevado allí por las razones erróneas, para después echarla sin darle tiempo a saborear el lugar que lo había convertido en el hombre al que aún amaba.

El recuerdo de su breve estancia allí la llevaría a lamentarse por lo que no había podido ser.

Un tronar resonó en sus oídos y, por un instante, creyó que era su corazón. Pero no tardó en darse cuenta de que provenía de un helicóptero.

–El Air Force One castaldiniano –dijo Vincenzo con voz grave–. Parece que Ferruccio no podía esperar para conocer a mi futura esposa.

Ella sintió picor en los ojos. No quería conocer a nadie. Ya ni siquiera iba a ser una falsa esposa.

–Por favor, no digas nada mientras esté aquí. Yo lo resolveré con él más tarde –pidió Vincenzo.

Glory se limitó a asentir y no reaccionó cuando él agarró su mano y la condujo escalera abajo. Esa misma escalera que había subido con ella en brazos en lo que ya le parecía otra vida.

Cuando salieron del castillo, el helicóptero estaba aterrizando en el patio.

Un hombre descendió del lado del piloto y lo reconoció a primera vista. El rey había volado hasta allí sin guardas ni fanfarria. Eso decía mucho de él y de su estatus en Castaldini.

Las fotos y reportajes que había visto sobre él no le hacían justicia. Era mucho más imponente en carne y hueso, equiparable a Vincenzo en todo. Incluso podría haber pasado por su hermano.

El rey Ferruccio, a grandes zancadas, fue al lado del pasajero. Momentos después, sus brazos rodearon la cintura de una mujer y la bajó con tanta delicadeza como si fuera su corazón.

—El rey ha traído a su reina —farfulló Vincenzo—. O tal vez haya sido al revés. Debe emocionarla que haya aceptado dejarme enjaular.

A Glory se le encogió el corazón mientras observaba a la pareja real acercarse de la mano, claramente enamorados. La atención que no se dedicaban uno a otro, se la destinaban a ella. Se sintió como un espécimen bajo un microscopio.

La reina Clarissa era como Glory siempre había imaginado a la reina de las hadas. Llevaba un vestido lila, largo y sin mangas, y sandalias a juego. Era unos centímetros más alta que Glory, con el cuerpo de una mujer que había dado hijos a su poderoso y apasionado marido. Irradiaba luz, que parecía robada al sol de la tarde. A Glory no le habría extrañado que descendiera del linaje de los ángeles.

El rey Ferruccio, tan alto como Vincenzo, era otro guapísimo D'Agostino. No cabía duda de que corría la misma sangre por sus venas.

Pero mientras Vincenzo era imponente, Ferruccio intimidaba. Si su mujer descendía de ángeles benévolos, él lo hacía de ángeles vengadores. Se percibía en sus ojos, en su aura. Ese era un hombre que había visto y hecho cosas indecibles, y que las había sufrido. Tenía sentido: había crecido en la calle como hijo ilegítimo, arrastrándose de lo más bajo hasta llegar a lo más alto. Imposible imaginar lo que había pasado hasta convertirse en el mejor rey de la historia de Castaldini. Sin duda, nadie podía conocer sus profundidades, sufrimientos y complejidades.

Nadie excepto su esposa, claro. Parecían compartir un alma entre los dos. Casi dolía verlos juntos, percibir el amor que los unía en un circuito cerrado de armonía. Tenían lo que ella había creído tener con Vincenzo.

Vincenzo, que seguía agarrándole la mano, hizo una reverencia a sus reyes, con la otra mano sobre el corazón, al modo castaldiniano. Ella se preguntó qué debía hacer, si inclinar la cabeza o hacer una reverencia. Mientras lo pensaba, Vincenzo se enderezó y su rostro se suavizó con una sonrisa radiante mientras atraía a la reina y le daba un tierno beso en la mejilla.

–Veo que has traído a tu esposo contigo –le dijo Vincenzo a Ferruccio, enarcando una ceja.

Por lo visto, su relación con el rey le permitía bromear, al menos a nivel personal.

–Ya me conoces, no puedo negarle nada –Clarissa soltó una risita y su largo y espeso cabello ondeó en la brisa como rayos de sol.

–Podría enseñarte –Vincenzo hizo una mueca.

–Como si tú pudieras negarle algo –rio ella.

–Yo no soy la mujer que tiene el poder de hacer un yoyo de su majestad. Es tu deber como reina librar a sus súbditos de su implacabilidad, y como esposa lo es contrarrestar el nivel tóxico de respuestas obedientes que lleva en la sangre.

–Me gusta intoxicado –Clarissa miró a su esposo con adoración, y a Vincenzo burlona–. Calla, Cenzo, y preséntame a tu media naranja.

Volvió los ojos hacia Glory, que los miró asombrada. Eran de color violeta, amatistas puras y luminiscentes, en las que perderse durante horas. Era obvio que Ferruccio no quería hacer otra cosa el resto de vida.

Clarissa la envolvió en un cálido abrazo.

–Bienvenida a Castaldini y a la familia, Glory. Me encanta contar con otra amiga de mi edad, sobre todo dado que tenemos en común nuestra formación profesional… –se apartó y sonrió con malicia– y estar casadas con uno de los imposibles, pero irresistibles, D'Agostino.

–Majestad… –susurró Glory, a punto de llorar.

–¡Calla! Déjate de majestades y reinas. Fuera de

la corte soy Rissa, solo Ferruccio me llama Clarissa, y soy parte de una brigada de esposas formada por Gabrielle, la de mi hermano Durante; Phoebe, la de mi primo Leandro; y Jade, la de mi primo Eduardo. Solíamos llamarnos las Cuatro Magníficas. Ahora seremos las Cinco Magníficas.

Glory tragó saliva, sin saber cómo responder. Decidió seguir el consejo de Vincenzo y no decir nada de la nueva situación. Así que sonrió débilmente, deseando que se la tragara la tierra.

–Eres real –la voz profunda del rey Ferruccio le provocó escalofríos a Glory–. Pensaba que Vincenzo pretendía engañarme hasta que lo enviara a su nuevo puesto, para luego descubrir que no eras más que parte de su imaginación.

Ella se tensó bajo su escrutinio. Él percibía que algo no iba bien. Sus ojos expresaban que lo sabía. Era un hombre astuto. Eso era lo que le había alzado de la ilegitimidad para convertirse en un magnate y en el rey que, en menos de cuatro años había hecho de Castaldini un país próspero, salvándolo de la ruina. Irradiaba una inteligencia que casi daba miedo.

–Soy real, os lo aseguro, Majestad. Perdóneme si no lo llamo Ruccio, que por lo que he oído, debe ser la abreviatura de su nombre en situaciones informales.

–Ahora que lo pienso, habría sido la abreviatura lógica, pero nadie se ha atrevido a utilizarla. Puedes llamarme Ferruccio, como todos. Pero Majestad te queda prohibido.

–Podría resultarme imposible usar el nombre propio sin más –apuntó ella.

–Clarissa, bondadosa como siempre, te lo ha solicitado, yo te lo ordeno. Fuera de la corte tendrás que llamarme Ferruccio, por decreto real.

–¿Ves lo que tengo que aguantar? –dijo Vincenzo con tono risueño.

–Además de ser real, no eres como esperaba. En cuanto me dijo tu nombre, te investigué –dijo Ferruccio–. Y ahora solo tengo una pregunta. ¿Cómo ha conseguido que una mujer de tu valía lo tome en serio y, por ende, acepte la ardua tarea de casarse con él?

–Habrá hecho lo mismo que hiciste tú para convencerme a mí –dijo Clarissa, ruborizada. Miró a Glory–. Ahora ves a qué me refería con lo de «imposible».

–Y ahora entiendo mejor las exasperantes tendencias de Vincenzo –dijo Glory, asumiendo el papel que se esperaba de ella–. Tengo la prueba de que son genéticas y no puede controlarlas.

–¡Lo sabía! –exclamó Clarissa con júbilo–. Me gustaste en cuanto te vi, pero ahora sé que me vas a encantar. Eres ideal para nuestra brigada.

Ferruccio miró con indulgencia a su esposa y arqueó una ceja, aprobando la réplica de Glory.

–¿Qué te parece si lo dejamos, Ferruccio, antes de que nos destrocen más? –sugirió Vincenzo.

–Mejor –Ferruccio inclinó su majestuosa cabeza–. Pero no deja de asombrarme la suerte que tienes.

–Tu adulación no tiene límites –Vincenzo suspiró–. Antes de que Glory se replantee su apresurada decisión de aceptar mi propuesta de matrimonio, ¿por qué no vuelves a tus tareas reales y dejas que haga lo que iba a hacer antes de esta… inspección sorpresa? Iba a enseñarle todo a Glory antes de cenar –se volvió hacia Clarissa–. Tú, claro está, puedes acompañarnos si quieres.

Clarissa miró a su marido e intercambiaron una mirada de complicidad, comprensión y adoración. Todo lo que Glory había creído compartir con Vincenzo en otra época.

–¿Ves lo que has conseguido? –Clarissa le pellizcó la mejilla a su esposo–. Discúlpate para que te deje acompañarnos y quedarte a cenar.

–¿Por qué disculparme cuando puedo ordenarle que me invite? –Ferruccio le besó la mano a su esposa y miró a Vincenzo, retador.

–Parece que no has vivido en Castaldini el tiempo suficiente para entender sus costumbres, ni eres consciente de mi poder en esta región ancestral –Vincenzo lo miró con lástima–. Aquí soy el amo absoluto. Rey o no rey, una palabra más y alzaré a toda la provincia en contra tuya.

–Será mejor no iniciar una guerra civil antes de esa cena a la que vas a invitarme –los ojos de Ferruccio chispearon, diabólicos–. Adelante, Vincenzo, intenta hacerle justicia a tu «ancestral hogar» mientras nos lo enseñas.

Mascullando entre dientes lo que haría con Ferruccio cuando Clarissa no estuviera allí para protegerlo, Vincenzo inició la visita guiada. Estaba orgulloso del que había sido el fabuloso hogar de su familia durante generaciones.

Glory, consciente de que sería la primera y última vez que lo veía, decidió disfrutar de la visita.

—La arquitectura de todos los edificios es una simbiosis de las culturas que convergen en Castaldini —romana, andaluza y árabe, con leves influencias de África del norte —explicó Vincenzo—. Dominan los dibujos geométricos, y los elementos decorativos incluyen mosaicos, escayola tallada y metal forjado. El castillo principal es circular, pero los edificios anexos y las torres son cuadrangulares, y todas las habitaciones dan a patios interiores.

Parecía salido de un cuento de hadas. Era más grandioso y estaba mejor conservado que cualquiera de las maravillas arquitectónicas que Glory había visitado por todo el mundo.

—¿Hace cuánto que pertenece a tu familia?

—Más de quinientos años.

Eso dejaba aún más clara la diferencia que había entre ellos. Ella solo estaba al tanto de tres o cuatro generaciones de sus ancestros. Su historia incluía un «hogar familiar» y menos ancestral.

—Mi tatatatarabuelo fue el rey Antonio D'Agostino, el fundador de Castaldini.

—Nuestro tatatatarabuelo —apuntó Ferruccio.

—Yo procedo de la línea de uno de sus nietos, que empezó a construir este castillo, que adquirió su tamaño actual con ampliaciones realizadas estos dos últimos siglos —contraatacó Vincenzo—. Leandro, un primo menos molesto que este, heredó un lugar parecido, que construyó el rey Antonio en persona. De jóvenes, solíamos alardear sobre cuál era mejor y más grande.

–Seguís haciéndolo –dijo Ferruccio con tono condescendiente–. Permito que seáis vosotros los que discutís sobre tamaño y calidad, pero, sin duda, soy yo quien gana en ambas cosas.

–Pero el palacio real no es tuyo, mi soberano –repuso Vincenzo con calma–. Según la ley castaldiniana, solo eres el cuidador residente. Deberías empezar a pensar en construir o comprar algo que puedas dejar en herencia a tus hijos.

–¡Bravo! –Ferruccio lanzó una risotada–. Esa actitud de «al enemigo ni agua» es la que quiero de ti cuando representes a Castaldini, Vincenzo.

–¿Lo has estado pinchando para hacerle sacar los colmillos? –se asombró Clarissa.

–Últimamente ha estado muy blandengue –Ferruccio sonrió–. Ahora que tiene a Glory, temo que se vuelva de plastilina y no me sirva para nada en la zona de guerra a la que voy a enviarlo.

–¿Te he dicho últimamente cuánto te quiero, Ferruccio? –rezongó Vincenzo.

–Puedes renovar tu juramento de fidelidad cuando quieras, Vincenzo.

Clarissa, riéndose, dio un golpecito a su esposo y otro a su primo. Glory se unió a sus risas.

Después de eso, el día fluyó como la seda, repleto de experiencias nuevas y buena compañía.

Era más de medianoche cuando Vincenzo y

Glory despidieron a la pareja real. A ella se le encogió el corazón al pensar que pronto dejaría ese lugar y a Vincenzo.

Cuando se volvió hacia Vincenzo, él hizo lo propio. Se acercaron, vibrantes de intensidad.

Entonces Glory comprendió que la dejaba ir porque no quería coaccionarla, pero aún la deseaba. Y ella ya había decidido que su pasión era merecedora de cualquier riesgo.

Tomó las manos de él entre las suyas y se lanzó al camino que podía romperle el corazón.

—Me casaré contigo el año que necesitas, Vincenzo —susurró—. Por decisión propia.

Capítulo Ocho

–¿Qué has dicho?

–Has oído bien, mamá –suspiró Glory–. Voy a casarme. Con Vincenzo.

Se hizo el silencio al otro lado de la línea.

Era lógico. A ella misma le costaba creer lo que estaba ocurriendo.

La noche anterior, cuando le dijo a Vincenzo que se casaría con él, no había sabido qué esperar. Tal vez que reaccionara con júbilo, con alivio, o, mejor aún, seduciéndola. Pero no había hecho nada de eso. Había besado sus manos y murmurado «Grazie mille, gloriosa mia», para después conducirla a la suite de invitados y desearle las buenas noches.

Tras una noche revolviéndose en la cama y paseando por la suite de cuento de hadas, le había sorprendido que él le llevara el desayuno por la mañana. No se había quedado con ella, alegando que tenía demasiadas cosas que organizar. Le había pedido que invitara a quien quisiera y que hiciera listas de lo que necesitaba para la boda, que se celebraría una semana después.

La primera persona en la que había pensado había sido su madre.

Y allí estaba, simulando que la boda era real para beneficio de la persona a la que estaba más unida del mundo. No tenía sentido contarle la verdad; ya había sufrido demasiado y solo Dios sabía cuánto tiempo seguiría su cáncer en remisión. Diría y haría cualquier cosa para hacer feliz a su madre tanto tiempo como pudiera.

–Mamá, ¿sigues ahí? –preguntó, cuando el silencio de Glenda Monaghan empezó a pesarle.

–Sí, cariño. Solo estoy sorprendida.

Su madre había sentido aprensión cuando Glory inició su relación con Vincenzo. Había temido que se hundiera en el abismo de poder y estatus que había entre ellos. Pero tras conocer a Vincenzo, había alabado la pureza y claridad de sus sentimientos hacia ella. Glory sospechaba que había soñado con que su hija se convertiría en princesa, y la había devastado el fin de la relación. Debía de estar anonadada al ver que su sueño iba a hacerse realidad años después y tan de repente.

Glory le contó que se habían visto por casualidad, redescubierto sus sentimientos y aclarado sus diferencias. Vincenzo le había propuesto casarse cuanto antes para incorporarse a su nuevo destino siendo ya marido y mujer. A Glory le costaba mentir, pero se obligó a seguir.

–Vincenzo enviará su jet privado a recogerte. Me encantaría que pudieras venir ya. Si no puedes, ven al menos dos días antes de la boda, para ayudarme con los últimos preparativos. Solo tienes que comprarte algo bonito y hacer una maleta para dos semanas o así. Te mereces disfrutar de Castaldini al menos ese tiempo.

—¿Solo vas a invitarme a mí? —musitó Glenda.

Glory había temido esa pregunta, y aún no estaba lista para dar una respuesta.

Desde que Glory era una niña, su madre había hecho lo posible por disminuir su insatisfacción con su padre y hermano. En los últimos años había luchado para que retomara su relación con ellos, justificando con excusas sus imperdonables decisiones y actitudes. La situación había dado un giro total; en ese momento era Glory quien tenía que ocultar la verdad de las trasgresiones de su padre y hermano. No estaba segura de poder hacerlo si los veía de nuevo, en el presente.

Pero su desaprobación no justificaba que no los invitara a la boda. Si no lo hacía, tendría que explicarle a su madre por qué. No podía hacerlo tras la sarta de mentiras que acababa de contarle.

Se dijo que tampoco sería problema que fueran. No tendría energía mental ni emocional para prestarles atención. Vincenzo había insistido en que invitara a quien quisiera, y ella quería complacer a su madre.

—Estoy deseando que vengas cuanto antes, pero también invitaré a papá y a Daniel —dijo, sin conseguir sonar entusiasta al respecto.

—¿No quieres que tu padre te entregue, cielo? Sé que hace mucho que no lo consideras el mejor padre del mundo, pero lo intenta.

—Tengo casi treinta años, mamá. Soy más que

capaz de ir al altar sola –dijo Glory, pensando que los intentos de su padre harían que acabara en la cárcel, antes o después.

–Sé que lo eres, cielo, pero hace tanto que tu padre sueña con este día, que… –la voz se le entrecortó– eso le rompería el corazón.

Glory apretó los dientes. Siempre que era dura con su padre sentía remordimientos, pero sabía que eran ilógicos. Si hubiera sido más dura antes, tal vez habría impedido que Daniel y él llegaran a estar a punto de perder la libertad.

–Mamá, voy a casarme con un príncipe de un reino sumido en la historia y la tradición, es posible que entregar a la novia no sea costumbre aquí. Si lo es, dejaré que me entregue papá.

Siguió otro silencio. Su madre, una mujer en general astuta, perdía la racionalidad cuando se trataba de su marido y su hijo. Glory tuvo que contenerse para no decirle que abriera los ojos y los viera como la causa perdida que eran.

Pero siempre la detenía saber cuánto querían a su madre. No tenía ninguna duda de que ambos habrían dado su vida por ella. Así que suspiró.

–Prepara a tus hombres y tráelos, mamá –dijo. Después, habló de los planes de la boda.

Cuando colgó, se sentía como si hubiera corrido varios kilómetros. La semana siguiente, la esperaba un maratón.

***

Tras la puesta del sol, cuando empezaba a aburrirse de no hacer nada, Vincenzo entró en su suite acompañado de un hombre alto, grácil y chic, que presentó como Alonzo Barbieri, su ayuda de cámara y mano derecha. Tras saludarla con alegría y besarle la mano como si fuera la princesa que siempre había esperado, Alonzo hizo entrar a dos hombres y dos mujeres que llevaban un antiguo y ornado cofre cada uno. Los abrieron encima la mesa de café y se marcharon.

Eran las joyas de la corona de Castaldini. Glory había contado con que la impresionaran, pero no tanto. Cada una de las piezas habría dejado a cualquiera boquiabierto, pero juntas eran deslumbrantes. Había collares, pulseras, tiaras, pendientes, broches y anillos, cetros, copas y otras piezas ornamentales e incluso...

–¡Las coronas reales! ¿Qué hacen aquí? –exclamó atónita.

–Aplaudo su conocimiento de nuestra historia, *principessa* –dijo Alonzo–. Son las coronas que lucieron los reyes y reinas de Castaldini hasta el rey Benedetto y su esposa, los padres de la reina Clarissa. Pero, dado que la tragedia marcó su vida, el rey Ferruccio encargó nuevas coronas para que el pasado no ensombreciera su vida y la de su esposa.

Una prueba más del profundo amor que Ferruccio sentía por Clarissa.

–Como mi princesa, tienes derecho a elegir una pieza. Ferruccio y Clarissa han insistido en que elijas cuantas quieras –aclaró Vincenzo.

–Están dispuestos a ofrecerte el tesoro real entero por salvar al príncipe Vincenzo de la soltería –Alonzo se rio–. Yo también te ofrezco cuanto quieras por esa tarea de Hércules.

Glory comprendió que Vincenzo no le había dicho la verdad. Era obvio que Alonzo creía estar ante una gran historia de amor con final feliz.

–Ferruccio también ha puesto el palacio real y su plantilla a tu disposición –añadió Vincenzo.

–¿Quiere que nos casemos allí?

–Como es un maníaco del control, insiste en que haga mis votos bajo su supervisión.

–¿No podríamos casarnos aquí?

–¿Es eso lo que quieres? –los ojos de Vincenzo chispearon con sorpresa.

–Es un castillo magnífico, y el hogar de tu familia –musitó ella, súbitamente tímida e incómoda por portase como una novia auténtica.

–Si es lo que quieres, por supuesto que nos casaremos aquí –afirmó Vincenzo.

–Pero, ¿y el decreto del rey Ferruccio? –se escandalizó Alonzo–. ¿No dices ser un caballero de su mesa redonda y hacer siempre su voluntad?

A Glory le extrañó que Vincenzo hubiera dicho eso de Ferruccio. Nunca lo habría adivinado tras verlos bromear y discutir juntos.

–Eso hasta que mi esposa desee lo contrario. Sigo sus deseos y los de nadie más, sea quien sea.

–¡Llevaba dos décadas esperando oír eso! –exclamó Alonzo con júbilo–. *Principessa*, es una hacedora de milagros. Un milagro, punto.

–¿Quieres hacer los honores, Vincenzo? –dijo ella, notando la quemazón de las lágrimas–. Casi me da miedo mirar esas joyas. No pienso rebuscar entre ellas y arriesgarme a romper algo.

–Rebusca sin miedo –una bella sonrisa le curvó los labios–. Esas joyas han superado el paso de cientos de años. Elige lo que quieras.

–Quiero que seas tú quien elija el anillo por mí –dijo ella con voz temblorosa.

–¿Estás segura? –parecía hacerle gracia que le pidiera eso cuando antes había insistido en elegirlo ella–. La verdad es que tengo un anillo, un conjunto, en mente. Siempre me pareció un tributo a la belleza de tus ojos.

Hizo un gesto a Alonzo con la cabeza, como si él supiera exactamente a qué se refería. Unos minutos después, Alonzo colocó las piezas en una caja rectangular que llevaba bajo el brazo y se la entregó a Vincenzo.

Acercándose adonde estaba sentada, Vincenzo dejó caer una rodilla al suelo y abrió la caja de terciopelo, mirándola a los ojos.

Ella dejó escapar un gemido al ver el conjunto de siete piezas: collar, pulsera, anillo, pendientes, tiara, brazalete y ajorca. Brillaban como una constelación de estrellas sobre el terciopelo azul marino. Todas eran de delicada filigrana de oro amarillo, con magníficos diamantes blancos y azules. Lo que más la atrajo fue el anillo. Un inmaculado diamante azul vivo, de al menos diez quilates, del color de sus ojos, con un diamante blanco a cada lado.

Vincenzo lo agarró y alzó la mano para que le entregara la suya. Ella lo hizo sin dudar.

En cuanto tuvo el anillo en el dedo, supo el terrible error que estaba cometiendo. No sobreviviría si perdía a Vincenzo de nuevo.

Él, tras besarle la mano, introdujo la mano en su cabello, la atrajo y devoró su boca con pasión.

Rindiéndose a su deseo, Glory aceptó que, si no tenía cuidado, Vincenzo acabaría con ella.

–Solo nos queda una hora.

Glory volvió la cabeza al oír a Alonzo. Era el mejor organizador que había visto en su vida. Había coordinado los esfuerzos de todos para, en una semana, organizar una boda tan increíble como la de cualquier libro de cuentos de hadas.

A Alonzo no le gustaba que dijera eso, porque podía dar mala suerte. Él no sabía que todo acabaría pasado un año.

La semana había pasado como un vendaval y solo faltaba una hora para la boda.

Su madre había llegado el día anterior, acompañada por su padre y hermano, y Alonzo los había incluido de inmediato en la vorágine de preparativos, cosa que Glory le agradecía. Nadie había tenido tiempo de hablar de relaciones. Amelia, que había llegado el día después de que Glory la invitara, hacía de filtro cada vez que surgía una situación incómoda.

Clarissa y su cuñada, Gabrielle, revoloteaban a

su alrededor, cumpliendo las órdenes de última hora de Alonzo. Phoebe y Jade, las otras dos componentes de la brigada de las Cinco Magníficas, también estaban por ahí, haciendo sus recados. En la preparación de la boda, Alonzo estaba al mando de sus princesas y de su reina.

–Pareces toda una princesa, cariño.

Glory miró su imagen en el espejo de cuerpo entero. No podía negar que su madre tenía razón. Parecía otra. La princesa en la que la habían convertido una docena de diseñadores. El resultado final era deslumbrante.

Con degradados de distintos azules vívidos sobre una base de blanco prístino, el vestido parecía de otro mundo. El corpiño, de escote corazón, le acentuaba las curvas y se estrechaba a la cintura.

Su única petición había sido que la falda no fuera voluminosa. Había hecho falta el apoyo de Clarissa para que los diseñadores aceptaran. El resultado había sido una falda que se le ajustaba a las caderas y caía ensanchándose suavemente con capas de gasa, tul y encaje sobre una base de seda blanca. Estaba bordada con lentejuelas y diamantes, eco de las joyas que lucía, formando la cresta de la provincia de la que Vincenzo era lord.

Alonzo terminó de ajustarle el velo y le puso la tiara, mientras Amelia colocaba la cola de seis metros de largo.

–Oh, cielo, no sabes lo feliz, lo feliz que… –sollozó su madre cuando todos se apartaron.

Glory parpadeó para evitar las lágrimas. No

quería dar el sí a Vincenzo con los ojos rojos e hinchados. Pero vio algo en la expresión de su madre, oscuridad y arrepentimiento, que la asustó.

–Me hace muy feliz haber vivido para ver este día, verte con el hombre que te ama y te protegerá el resto de tu vida –siguió su madre, recompuesta.

Glory sintió un pinchazo de alarma. Tal vez su madre había recaído y no se lo había dicho. Siempre había dicho que lo peor del cáncer era el efecto que tenía en la vida de Glory, que lo dejaba todo para correr a su lado.

De repente, empezó a sonar música.

–Ferruccio ha traído a la orquesta real hasta tu puerta, Glory –rio Clarissa, al ver su asombro–. Es una tradición real tocar el himno nacional para anunciar el inicio de las ceremonias importantes. Y que Vincenzo se case lo es.

Glory sintió otra oleada de ansiedad. Iba a casarse con Vincenzo en una ceremonia legendaria, ante miles de personas. Inspiró profundamente y volvió a mirarse en el espejo. Se preguntó si los demás veían lo que ella: una mujer enamorada y resignada a que ese amor se le escapara.

Era obvio que no. Todos se comportaban como si fueran la pareja perfecta, hecha para durar.

–¿Estás lista para el novio? –Alonzo le tocó el hombro con suavidad.

Ella asintió. No estaba lista para nada pero, al mismo tiempo, estaba lista para todo. Para él.

Alonzo fue a la mesa donde estaban los aceites aromáticos que, según dictaba la tradición castaldiniana, le había ungido en los puntos de pulso. Agarró una botella y la jarra de cristal con agua de rosas de la que ella había bebido, también como parte del ritual. Luego abrió la puerta.

Ella se estremeció, esperando ver a Vincenzo. En su provincia, por suerte, el padre no entregaba a la novia. Era el novio quien iba a reclamarla como suya a parientes y amigos, para llevarla de su antigua vida a una vida nueva con él.

Pero el umbral estaba vacío y Alonzo se echaba agua de rosas en la mano y la dejaba caer en el suelo con cuidado, una, dos y tres veces.

–Es para alejar a los espíritus malignos que pretendan entrar con el novio para entrometerse entre vosotros dos –explicó Gabrielle, una belleza pelirroja.

–*Avanti, príncipe* –dijo Alonzo, hinchando el pecho y haciéndose a un lado.

Vincenzo apareció y clavó los ojos en los de ella, que se quedó sin aire. Sintió fuego en las venas, y eso antes de mirarlo de arriba abajo. Cuando lo hizo, se le paró el corazón.

Ese era el príncipe Vincenzo de sangre azul que nunca había visto antes. E iba a entrar en su mundo, aunque solo fuera durante un año.

Lo devoró con la mirada. El traje magnificaba su altura y envergadura, resaltando la tonalidad de su piel. Una chaqueta hasta las caderas, de seda azul real bordada con diseños castaldinianos, se abría sobre la camisa de satén blanco y faja dorada. Los pantalones negros desaparecían en botas de cuero negro que le llegaban a las rodillas. Una capa dorada con bordados azules y blancos le caía por la espalda a las pantorrillas, completando el aire de príncipe de otro mundo.

Ninguna descripción le habría hecho justicia. Era bellísimo. Sería suyo esa noche. Todo un año.

Alonzo le ofreció el mismo agua que había bebido ella. Gabrielle susurró que así los espíritus malignos tampoco podrían interponerse entre ellos llegando desde el interior de la habitación.

Vincenzo entró como un depredador que admirara a su presa. Su expresión de deseo hizo que Glory temblara de pies a cabeza.

—No te quedes ahí devorando a tu novia con los ojos —dijo Clarissa con voz risueña—. Cuanto antes acabes con la ceremonia, antes podrás devorarla de verdad.

Glory, que no podría estar más ruborizada, esperó a que Vincenzo le ofreciera el brazo. Se aferró a él como si fuera un salvavidas en un mar tormentoso. Eso le dio fuerzas hasta que, tras repetir el ritual de lanzar agua al suelo, salieron.

El mágico entorno lo era aún más desde que Alonzo había transformado el edificio principal, los anexos y el terreno circundante en un sueño.

Pasaron ante cientos, tal vez miles, de caras sonrientes. Su mente deslumbrada solo reconoció a los príncipes Durante y Eduardo; a Gio, el compañero de Alonzo; y a algunos parientes de Vincenzo. Su mirada se detuvo un instante en su padre y su hermano. Estaban muy elegantes y parecían emocionados. Su resentimiento hacia ellos se desmoronó.

Vincenzo la llevó al escenario que bloqueaba las puertas de la torre central, de cara al patio en el que esperaban los invitados, sentados ante mesas dispuestas en semicírculos concéntricos.

El sacerdote de la iglesia principal de la provincia, un hombre jovial que le había dicho que le deleitaba poder casar por fin a su lord, dio un pequeño discurso y luego recitó los votos matrimoniales, en italiano y en inglés. Para alivio de Glory, la tradición eximía a los novios de repetir los votos o intercambiar unos propios. Ella solo podía decirle a Vincenzo lo que sentía por él, y eso no debían pronunciarlo sus labios.

Ferruccio se acercó con las alianzas y, como soberano, bendijo la unión. El escrutinio de sus astutos ojos hizo que Glory, agitada, tuviera dificultades para ponerle la alianza a Vincenzo. Él le sujetó las manos y se las besó para calmarla.

Leandro, el segundo testigo, realizó el último ritual. Se acercó con una copa de cristal e hizo que unieran las mejillas y bebieran simultáneamente el líquido rojo como la sangre, que olía y sabía a mezcla de especias, frutas y flores. Recitó las palabras que «unirían su sangre», para que no volvieran a sentirse completos el uno sin el otro.

Después, Vincenzo hizo que se pusiera de cara a los invitados que, en pie, ovacionaban y alzaban sus copas a modo de brindis.

Había ocurrido. Estaba con el hombre al que

creía haber perdido para siempre, ante su familia, amigos y seguidores, ante el mundo, convertida en su esposa y princesa.

Cuando creía que lo peor había pasado, Vincenzo lo empeoró aún más. Su magnífica voz se alzó, transportada por la brisa nocturna.

—Mi gente, familia y amigos, todos los que tenéis la fortuna de tener Castaldini como hogar. Os doy a vuestra nueva princesa. La gloria de mi vida. Glory D'Agostino.

Si Vincenzo no la hubiera tenido firmemente sujeta contra su costado, se habría desmoronado. La miró con tal intensidad que a ella se la fue la cabeza, luego se inclinó para reclamar sus labios, devolviéndole el alma con un beso que sabía a éxtasis y a vida.

La multitud clamó su aprobación y la orquesta empezó a tocar una melodía alegre, una canción por la futura felicidad de los recién casados.

Mientras las festividades se extendían a lo largo de la noche, ella se perdió en la creatividad de la planificación de Alonzo y el entusiasmo de los presentes. La fantasía se hizo tan intensa que tuvo la sensación de que nunca la abandonaría y olvidó por completo su vida vacía y solitaria.

Quedó reemplazada por la cercanía de Vincenzo, de su mundo y de la gente maravillosa que ocupaba un lugar en su vida.

Nada importaba excepto disfrutar del tiempo que estuviera él. Iba a aprovechar cada instante.

Capítulo Nueve

Por fin acabó todo –el ronroneo de Vincenzo le provocó temblores a Glory. Llegaba desde la oscuridad del umbral de su escondite.

A medianoche, como era tradición, los amigos de Vincenzo lo habían retenido mientras las amigas de ella la escondían. Se suponía que incrementaba el deseo del novio tener que buscar a su esposa por el castillo antes de llevarla a los aposentos nupciales.

Las damas de honor la habían dejado hacía largo rato en una zona del castillo que no conocía.

Se sentía como un personaje de película en un lugar misterioso, lleno de susurros de tentación que la abocaban a un destino desconocido.

Lo había oído llegar mucho antes de oír su voz. En ese momento, sentía su mirada, mientras la iluminaba con una antorcha de bronce. Su corazón apenas latía, zumbaba como las alas de un pájaro, sin enviar suficiente sangre a sus órganos vitales. Empezó a marearse.

–Mientras me veía obligado a compartirte con el mundo, he simulado cordura y control. Por fin la espera ha terminado.

Pareció desgajarse de la oscuridad, transformándose en la viva imagen de la virilidad. Ella sintió la reverberación del deseo que irradiaba, y eso la paralizó aún más.

Sólo anhelaba lanzarse a sus brazos, arrancarle la ropa y devorarlo. De repente, él la apretó contra la pared. Su grito resonó en la cámara vacía. Su mente era un torbellino de gemidos agudos. Él también sufría. Su tormento la abrasaba.

–*Ti voglio tanto… tanto, Gloriosa mia.*

–Yo te deseo demasiado, también. Llévame a nuestro dormitorio –gimió. Ella no sabía dónde estaba. Otra tradición de los nobles de la zona. El novio elegía la habitación y la preparaba para mimar y dar placer a su esposa. Solo imaginarlo la llevó a suplicar–: Por favor, Vincenzo… ya.

Apoyó la súplica mordisqueando su cuello. Él la alzó en brazos y corrió con ella por los desiertos corredores de su castillo de cuento.

Poco después entraba en una enorme cámara, decorada como un sueño erótico, que se abría a un balcón semicircular. La cálida brisa marina traía aroma a jazmín y sándalo, y hacia ondear los visillos blancos como espíritus. Las llamas de cien velas se agitaban como seres de fuego. Una cama inmensa ocupaba un extremo de la habitación. Las sábanas de satén eran azules, y estaban cubiertas de pétalos de rosa blancos y dorados.

Pero en vez de llevarla allí y poner fin a su tormento, Vincenzo la dejó en el suelo y fue hacia el balcón iluminado por la luna. Parecía un dios.

–Aunque me muero por poner fin a nuestro sufrimiento, antes quiero hacer algo. Un ritual de noche de bodas que solía realizarse. Algo que nunca he hecho, pero que he deseado siempre.

–¿Cuál es ese ritual? –Glory gimió para sí. ¡No quería prolongar más la espera!

–Una especie de *striptease*.

Eso sonaba bien. Era justo lo que ella quería.

–Pero tiene sus reglas.

Eso ya no tanto. Él no podía pretender que siguiera reglas ni nada que requiriera coherencia.

–¿Podrías darte prisa y decirme cuáles son antes de que me disuelva como gelatina?

–Realizaremos un juego –dejó escapar una risita de orgullo masculino–. El ganador dicta las intimidades que compartimos, hasta que el otro gane otro juego.

–¿Y cuáles son las malditas reglas?

Él volvió a reír. Disfrutaba viéndola así.

–Cada uno dice lo más audaz que ha pensado sobre la otra persona, confesando sus fantasías ocultas. Según la enormidad de cada confesión, nos quitaremos una o más prendas.

Eso no era nada bueno. Ella no estaba lista para confesar sus anhelos más privados.

Era una estupidez, considerando que acababa de suplicarle que le hiciera cosas muy íntimas. Pero una cosa era disfrutar con lo que le hiciera, otra expresar sus necesidades con palabras. Había esperado que le diera lo que quería sin hacer más que rendirse, como había hecho siempre.

Sin embargo, ese era el objetivo del juego. Expresar deseos, enorgullecerse de ellos y asumir la responsabilidad. Una oportunidad de ponerse al mismo nivel que él, al menos en la cama.

Eso no estaba tan mal. Además, era obvio que él creía que ganaría sin esfuerzo; que la tendría rendida y sometida en poco tiempo.

Era probable, pero no por eso iba a ponérselo fácil ni a rendirse sin luchar. Revelar fantasías íntimas era un precio muy alto. Pero, la idea de hacerle cumplir sus deseos sensuales hacía que el riesgo mereciera la pena. Empezó ella.

–La primera vez que te vi, antes de la entrevista, estabas en tu sala de reuniones rodeado de ejecutivos. Mientras estrechaba tu mano, me pregunté si sabías tan bien como olías. Deseé saber si estarías aún más guapo entregado al éxtasis del placer. Deseé decir a todos que se fueran para descubrirlo allí mismo. Mi fantasía fue más allá: si no se iban, haría lo que quería, aunque supusiera dar un espectáculo.

–Pensé que rechazarías el reto –la aplaudió, sonriendo con sensualidad–. Bien hecho.

Se quitó el fajín y la capa, que hizo ondear en el aire antes de dejarla caer al suelo.

–Tenemos que quitarnos las prendas al mismo tiempo –dijo.

Ella se quitó la cola del vestido y estuvo a punto de rasgarla con las prisas.

–Cuando entraste en la sala aquel primer día y me miraste con esos increíbles ojos, deseé tirarte sobre el escritorio, hubiera quien hubiera presente, abrirte las piernas y provocarte un orgasmo con la boca, sin siquiera saber quién eras.

El fuego que ella sentía en el vientre se le extendió a los muslos, consumiéndola. Y eso que, de momento, solo habían hablado.

Vincenzo fue hacia ella con la gracia de un felino, quitándose la chaqueta. Para cuando cayó al suelo, ella se había arrancado el velo.

–Cuando apareciste en mi casa esa noche –jadeó–, pensé que sería la primera y última vez que estaría a solas contigo. Fantaseé con la idea de aprovechar la oportunidad, hacerte entrar de un tirón y arrancarte la ropa y perder la cabeza contigo, aunque luego me despidieras.

Él se desabrochó la camisa, exponiendo su hercúleo torso. Después se la quitó, y también las botas y los calcetines.

–Tantos pensamientos licenciosos cuando aún eras virgen.

Ella se inclinó para quitarse los zapatos, pero un dedo amenazador la detuvo. Se irguió.

–Ser virgen hacía que mis fantasías fueran aún más licenciosas. No tenía expectativas ni experiencia que pudieran ponerles coto.

La cremallera de su pantalón descendió con un siseo que a ella le provocó temblores de anhelo. Él dejó caer los pantalones y los apartó.

–¿Qué pasó con las fantasías después de tu experiencia conmigo?

Ella se bajó la cremallera con cierta inseguridad. Él peso del vestido hizo que se despegara de

118

sus senos henchidos y cayera a sus pies con una sinfonía de crujidos.

Luciendo un tanga de encaje blanco, joyas y zapatos de diez centímetros de tacón, clavó la mirada en la erección que tensaba sus calzones.

–Se acabaron –al ver su ceño, se explicó–. Comprendí que eran modestas, casi patéticas. Sobrepasaste cualquiera de mis fantasías.

Él se estremeció de lujuria. Ella esbozó una sonrisa temblorosa y triunfal.

–¿Gano yo? –preguntó.

–Durante años, fantaseé con volver a por ti y arrastrarte a algún lugar donde solo estuviéramos los dos, siempre. En mi laboratorio, en una reunión directiva o en una conferencia, planeaba lo que te haría, paso a paso. Planificaba noches enteras excitándote una y otra vez, hasta que suplicaras que te llevara al límite. Pensaba en cuántos orgasmos te provocaría, sus métodos y variaciones, antes de tener piedad de ti y cabalgarte hasta que tu magnífico cuerpo fuera incapaz de sentir más. Luego calculaba cómo mantenerte en mi poder, hacer que me suplicaras ser mi esclava sexual, esclava de nuestro placer.

–Vincenzo, piedad, te lo suplico, tú ganas –fue hacia él y apretó los senos contra su pecho–. Ahora ordena. Cualquier intimidad. Hazlo ya.

–Siempre empecé nuestros encuentros como cazador, como buscador –tomó sus cabeza entre las manos–. Incluso cuando me hacías algo, era a petición mía. Pero siempre fantaseé con que tomaras la iniciativa y me hicieras lo que quisieras. Eso es lo que dicto. Que me demuestres tu deseo –le introdujo las manos en el pelo y la miró con ojos vehementes–. Hazlo.

Vincenzo observó a Glory que, con ojos hambrientos, daba rienda suelta a sus fantasías.

Lo exploró, poseyó y adoró con caricias, lametones, besos y pellizcos en torso y abdomen, sus brazos y manos, su cuello y rostro. Al tiempo, le decía que había deseado hacer eso cada segundo de cada día, que nada, ni real ni imaginario, podía ser tan bello como él.

Él disfrutaba dejándose envolver por cada caricia y confesión, por su anhelo de poseerlo y reclamarlo. De repente, ella se arrodilló, abrazó sus caderas e hundió el rostro en su erección.

A él se le nubló la vista al verla así. La curva de sus nalgas y su espalda, el brillo de su pelo, su expresión de placer mientras, inhalando su olor, le bajaba el calzón. Su erección liberada y pulsante se alzó contra su abdomen.

La demostración siguió con sonidos, caricias y palabras. Palabras febriles y explícitas que dejaban más que clara la amplitud de su deseo.

Cada caricia llevaba su cuerpo al borde de la explosión, para convertirse en una meseta de excitación agónica. Los gemidos de ambos se fundieron mientras las manos de ella lo poseían y exploraban, su aliento lo quemaba y su lengua lo lamía hasta llevarlo a la locura. Entonces, ella lo introdujo en su boca, llevándolo al delirio.

—Basta —gruñó.

Se la echó al hombro y cruzó la habitación. Cuando ella le mordió el omóplato, la dejó caer sobre la cama y se apartó para observarla: una diosa de abandono y decadencia, enloquecida de deseo, resplandeciente como satén entre los pétalos de rosa, abriéndole los brazos e instándolo a perder la cabeza. Tras quitarle las joyas, excepto el anillo, dejó atrás el último atisbo de hombre civilizado y liberó a la bestia que llevaba dentro.

Se situó sobre ella y le separó los muslos. Ella se alzó, buscándolo, abriendo más las piernas y clavando uñas y dedos en él. Su letanía de «no esperes, no esperes, lléname, lléname» completó su descenso hacia el olvido.

Incoherente, agarró sus nalgas, la alzó y, con una fuerte embestida, la penetró hasta lo más profundo. Ella lo aceptó con un chillido de placer.

—Glory, por fin… —rugió él.

—Sí, Vincenzo, sí… tómame, tómame, hazme tuya por completo —gimió ella, arqueando la espalda y agitando el cabello entre los pétalos.

Antes de hacerlo, apoyó la frente en la de ella, abrumado por la enormidad de volver a estar en su interior. Ella se arqueó, tomándolo como si lo hubiera llevado hasta el fondo de su corazón, tal y como él había creído en otro tiempo.

Rezando fervorosamente porque fuera así, se retiró del todo y volvió a penetrarla con furia.

Luego la cabalgó y cabalgó, mientras sus gruñidos se unían a los gritos satinados de ella. Podría haber pasado un minuto o una hora mientras el placer, la intimidad, crecían y se intensificaban. Después, con alivio y pesar, notó que su cuerpo se lanzaba al abismo. Necesitando sentir antes su placer, se controló hasta que notó como ella se tensaba a su alrededor y convulsionaba bajo él con un orgasmo devastador.

Contemplando su placer, se lanzó al éxtasis, vertiéndose en su interior, con oleadas de placer cegador. Su hombro apagaba los gritos de ella y oía los atronadores latidos de su corazón mientras el mundo se disolvía a su alrededor.

—*Dio, siete incredibili.*

Glory pensó que oír la voz de Vincenzo acunarla tenía que ser el sonido más maravilloso de todos. Y que la creyera increíble era aún mejor.

No había dormido ni un segundo. La primera vez también había sido así, dejándola despierta pero perdida en un éxtasis de satisfacción atónita.

Intentó abrir los ojos, pero no cooperaron. Estaban hinchados, igual que cada centímetro de su cuerpo, por dentro y por fuera, debido a la feroz posesión de Vincenzo y a su fiera respuesta. De un golpe, él había conseguido que descargara las frustraciones y anhelos que había acumulado durante los últimos seis años.

Y solo le había abierto el apetito. Lo deseaba de

nuevo, incluso más que antes. Su adicción había vuelto y seguiría acrecentándose. Hasta que todo acabara de nuevo.

Pero acababa de empezar. Quería disfrutar de cada segundo antes de volver a perderlo.

Consiguió abrir los ojos y lo encontró apoyado en el codo, inclinado sobre ella.

–*Dio*, ¿cómo puedes ser más bella que antes? ¿Cómo puedes darme aún más placer?

–Mira quien habla –atrajo su cabeza y se movió para ponerlo sobre ella.

Él empezó a besarla y acariciarla pero, demasiado excitada, cerró las piernas alrededor de su cintura y se lanzó hacia su erección.

Él le abrió los muslos e introdujo un dedo, y después dos, en su interior. La carne de ella se cerró sobre la deliciosa invasión, pero era a él a quien deseaba. Él intentó calmar su frenesí, sin duda queriendo ir más despacio esa vez.

–Tómame, Vincenzo –gritó ella. Tenía los senos turgentes e hinchados y una llama entre los muslos–. Te he necesitado dentro de mí tanto, tanto tiempo. Tenerte me ha hecho desear más.

–Tras seis interminables años sin ti, sin esto, tendrás mucho más –la aplastó sobre el colchón, dejándola sin aire–. Ahora me llenaré de ti, y tú de mí. Tómame entero, Gloria *mia*.

La penetró y ella dejó escapar un grito al sentir la elemental potencia que la llenaba, abrasándolo todo a su paso. Él siguió introduciéndose más, como si nunca pudiera llegar al final. Pero lo consiguió, chocando contra lo que parecía el centro de su ser. Allí se detuvo, inundándola de sensaciones agonizantes y sublimes.

Ella cerró las piernas alrededor de su espalda, clavó los talones en sus nalgas y lo urgió a moverse emitiendo gemidos suplicantes. Él respondió capturando su boca y llevándola más allá del límite del éxtasis, tensando la espiral de deseo más y más con cada embestida.

Le pidió que se dejara ir por él y la tensión llegó al punto álgido y explotó. Él absorbió sus gritos con la lengua mientras se unía a la vorágine de placer. Siguió besándola y murmurando su nombre hasta que ambos volvieron al mundo real.

Glory llevaba un rato despierta, pero tenía los ojos cerrados e intentaba respirar pausadamente. Era de noche otra vez. Habían pasado veinticuatro horas, o más, desde que Vincenzo la había llevado a su cámara de placeres.

Tras hacerle el amor dos veces, la había llevado al cuarto de baño adjunto, una amalgama de diseño castaldiniano y puro lujo. Para cuando la devolvió a la cama, había dejado de contar sus orgasmos. Habían pasado horas reviviendo los vínculos sensuales que habían creado años antes y que él aseguraba no haber roto nunca.

Después había permitido que ella lo tuviera a su merced e hiciera realidad su sueño de hacerle perder la cabeza. Montarlo hasta obtener la liberación más explosiva de su vida era lo último que recordaba cuando se había despertado.

–*Gloria mia?* –murmuró él.

Eso la convenció de que no estaba soñando, su noche de bodas había sido real. Vincenzo rodeaba su cuerpo tras una noche de magia que había superado todas sus fantasías.

Él introdujo una pierna entre las de ella, presionando justo donde lo deseaba. Debía de haber percibido que estaba despierta.

Abrió los ojos y se encontró ante la mejor imagen del mundo, Vincenzo. La luz de la luna creaba un mágico contraluz en su rostro. Pero fue su expresión lo que la impactó.

O veía visiones o él la miraba como si le costase creer que estaba de nuevo en sus brazos. Como si temiera parpadear y perderse un detalle. Como si la amara y siempre la hubiera amado.

–Creo que al final cumpliré mi fantasía. Te retendré aquí como mi esclava de placer –dijo él, moldeando uno de sus senos. Ella gimió y apretó el pecho contra la palma de su mano–. Cómo respondes a mis palabras y caricias es pura magia. Lo que me haces solo con existir va aún más allá.

Ella movió las caderas para rendirse a la enorme erección que la sorprendía ser capaz de acomodar. Gimió cuando se endureció aún más.

–Es justo que te vuelva tan loco como tú a mí.

–Entonces estamos en paz –dijo él, indulgente.

–Oh, te deseo Vincenzo –intentó atraerlo a su interior. Él se resistió, deslizándose por su cuerpo.

–Necesito saciar un hambre de tres años, *gloriosa mia*. Ríndete a mí, deja que la satisfaga.

Ella no pudo sino someterse a su voluntad y dejarle hacer, volverla loca una y otra vez, hasta librarla de razón y preocupaciones. De todo aquello que no fuera él.

La siguiente vez que se despertó volvía a ser de noche y estaba sola.

Un instante después, la puerta se entreabrió y Vincenzo entró con una bandeja en las manos. Dejó la bandeja a un lado e hizo que se incorporara. La sábana cayó, exponiendo sus pechos. Como si no pudiera evitarlo, se inclinó y saludó a cada pezón con la boca.

–No más tentaciones, princesa –rio al ver su mohín–. Serviría y daría placer sin fin a Su Voluptuosidad Real, pero tengo que recargarte para que puedas soportar la semana que viene.

–He aguantado bastante bien estos dos últimos días –con un suspiro de placer, le acarició el pelo. ¿Qué tiene de distinto la semana que viene?

–Primero, estos últimos dos días no has salido de esta habitación. Los has pasado tumbada, boca arriba o boca abajo y, exceptuando un par de memorables ocasiones, yo he hecho todo el trabajo –afirmó él, recibiendo una palmada juguetona por respuesta–. La semana que viene exigiré más participación tuya, ya que me incorporaré a mi puesto en Nueva York.

–¿Tan pronto? –a ella se le encogió el corazón.

–Solo trabajaré de día. Por las noches, seré tuyo –la consoló él.

–De acuerdo –sonrió, odiándose por hacerle sentir mal respecto al fin de la luna de miel–. Yo también tengo que volver al trabajo.

–Solo durante el día, *gloriosa mia*. Las noches son mías –con un destello posesivo en los ojos, retiró la sábana del todo.

–Sí –asintió ella, apretando los muslos.

–Y las tardes y los almuerzos, siempre que tenga un hueco –sus ojos se nublaron cuando entreabrió los muslos e introdujo dos dedos en su húmedo y cálido interior.

–Oh, sí –ella separó las piernas, dando la bienvenida a sus dedos.

Eso dio al traste con la intención de dar prioridad a la comida de Vincenzo. Se lanzó sobre sus pechos para succionarlos, sin dejar de mover los dedos, mientras ella acariciaba su erección.

–Dio, Gloria *mia*, me vuelves loco –gruñó.

Descendió sobre ella y la tumbó de espaldas. Se alzó para liberar su miembro. Después, sin más preliminares, la penetró, arrancándole un grito. Embistió con ritmo furioso, gruñendo como una bestia. Ella sollozó de placer al sentir como se expandía para acomodar su grosor y largo, sintiéndose totalmente dominada por él y por el placer que le provocaba.

–Míranos, Gloria *mia*, mira lo que te estoy haciendo y cómo me aceptas.

La belleza y carnalidad de la visión de esa impresionante columna de carne que desaparecía en su interior, ensanchándola, uniéndolos, hizo que se contrajera alrededor de él.

–Llega al clímax, hazlo por mí. Derrótame con tú placer como yo te hago a ti –dijo él, mordisqueándole los pezones para incitarla.

Todo en ella explosionó como un cable de alto voltaje, y él se introdujo hasta lo más profundo, rugiendo cuando alcanzó la boca de su útero y se derramó en su interior.

Ella sintió placer pero también pesar al sentir la húmeda explosión. Pesar porque su semilla no enraizaría, se había asegurado de ello.

Jadeando, él se derrumbó sobre ella que, agradeciendo su peso, lo abrazó con más fuerza. Poco después, él se alzó y, apoyándose en un codo, atrapó su boca con un beso profundo y sensual.

–Ten piedad, *bellissima* –rio él al sentirla removerse bajo él–. Ahora soy yo quien necesita repostar. Ya no soy un adolescente.

–¿Bromeas? –ella miró su miembro, aún turgente–. Me he estado preguntando si estabas enganchado a una fuente de energía inagotable.

–Estoy enganchado, sí, a una fuente de locura apasionada y renovable, cuyo nombre no es sino una descripción de ella misma –impidiendo que lo atrapara de nuevo, se puso en pie y se subió el pantalón–. Comamos. Luego te llevaré a navegar. Continuaremos esta sesión a bordo. ¿Alguna vez has hecho el amor mecida por las olas del mar?

Vincenzo sonrió al ver su expresión celosa.

–Yo tampoco –la tranquilizó–. Será otra fantasía cumplida. Mientras dormías escribí una lista de ciento diez cosas. Pienso probar unas cuantas la semana que viene.

Ella se relajó. Él tampoco había navegado antes, tenía muchas cosas por hacer y quería que las hicieran juntos. Se arqueó sensualmente.

–Creía que íbamos a turnarnos para poner en práctica nuestras fantasías –le dijo.

–*Incantatrice mia*, acabo de hacerlo con una de las tuyas: tomarte sin juegos previos, en un acto de dominación pura y satisfacción explosiva –con una sonrisa, agarró la bandeja y la puso sobre sus muslos–.Come algo, *amore mio*. Yo tengo que preparar el resto del día y también la semana que viene. Te prometo que seré meticuloso e incluiré tus fantasías en mis planes.

Le guiñó un ojo y salió de la habitación.

Ella contempló su marcha, paralizada.

«¿Le había llamado *amore mio*?».

Capítulo Diez

«Amore mio».

Las palabras resonaban en la cabeza de Glory, sola en su apartamento. «Amore mio, amore mio», canturreaba la voz de Vincenzo, llena de pasión.

Se lo había llamado constantemente, junto con otros mucho términos cariñosos. Al menos durante las seis primeras semanas después de la boda. Hacía ya más de una semana que él no se dejaba ver lo bastante para llamarla nada.

Vincenzo había ampliado la luna de miel a dos semanas. Dos semanas en las que Glory había pensado que si muriera entonces lo haría siendo la mujer más feliz, satisfecha y mimada de la tierra.

Después habían regresado a Nueva York. Él había iniciado sus funciones y ella había vuelto a su trabajo pero, en vez de enfriarse, su pasión se había acrecentado aún más.

La había llevado con él a cada evento, exhibiéndola como si fuera su tesoro más preciado. Había pedido su opinión y seguido su consejo en varias ocasiones.

Y todo ello sin dejar de decir *amore mio*.

También se lo había llamado en el pasado, y ella había creído que lo decía en serio, pero pronto había sabido que no eran sino palabras vacías. En ese momento, después de que él le confesara que había mentido en sus razones para dejarla, tras pasar semanas en sus brazos y en su vida, ya no sabía qué pensar.

¿Qué habían significado esas palabras para él antes? ¿Qué significaban en la actualidad?

La necesidad de preguntar, de entender lo ocurrido en el pasado, florecía a diario. Había intentado sacar el tema más de una vez, pero él siempre lo eludía, como si odiara hablar del pasado y temiera que mancillase el presente.

Ella entendía que quisiera vivir el momento, sin pensar en pasado o futuro, así que intentaba hacer lo mismo. Lo conseguía la mayor parte del tiempo, si estaba con él. En cuanto se quedaba sola, las obsesiones e interrogantes la asaltaban. Y todo porque había hecho algo imperdonable.

Se había permitido hacerse la esperanza de que algo tan fantástico no podía ser, ni sería, temporal.

En realidad, había sido fantástico hasta la semana anterior, cuando él empezó a dejar de estar disponible. Aunque le pedía disculpas, echaba la culpa a los problemas de trabajo y juraba que sería algo pasajero, su ausencia hizo que ella se sumiera en una pesadilla de *déjà vu*. A diferencia de la vez anterior, cuando la había dejado de un día para otro, él seguía volviendo a casa y haciéndole el amor, pero ella tenía la sensación de que era el principio del fin. Intentaba convencerse de que la luna de miel había acabado, que le ocurría a todo el mundo y que él no habría podido mantener ese ritmo para siempre.

Pero a su corazón herido le costaba creerlo.

El origen de su desazón era la pieza que le faltaba para explicar por qué el hombre noble que sin duda era Vincenzo había sido tan cruel antes.

Sus ojos se posaron en el contrato matrimonial que él había dejado en el velador de la entrada, se diría que años antes. Una luz se encendió en su cerebro y la pieza que faltaba encajó: su familia.

No sabía cómo no se le había ocurrido antes. Tenía que ser la explicación. Él había dicho que su padre y Daniel llevaban años perpetrando crímenes. ¿Y si se remontaban a seis años antes y él lo había descubierto al hacer investigaciones sobre el espionaje que tenía lugar en su empresa?

Incluso si él hubiera decidido no relacionarse con alguien cuyos parientes eran criminales, no había tenido razón para maltratarla. Eso solo podía significar que la había creído involucrada en esos crímenes. O, peor aún, había pensado que ella acabaría defraudando y malversando, así que había optado por cortar antes de que tuviera oportunidad de hacerlo.

Sus sospechas se convirtieron en convicción y, compungida, se dejó caer en un asiento. Entonces, otra idea acrecentó su vergüenza y angustia.

La había creído cómplice de su familia, un peligro para él, y se había limitado a alejarse. Solo se había puesto en su contra cuando lo había arrinconado. Eso significaba que sí había sentido algo por ella. Algo lo bastante fuerte para no procesarla aun creyéndola merecedora de ello.

Siguiendo el mismo razonamiento, su forma de portarse con ella, incluso ante la nueva evidencia de los crímenes de su familia, implicaba que no la creía partícipe de ellos. Y lo que había estado viendo en sus ojos, su forma de decirle «amore mio» podría significar que…

Un segundo después su esperanza se apagó. Incluso si no la creía involucrada en actividades ilegales, nunca la consideraría digna de ocupar más que un sitio pasajero en su vida.

Ni ella ni nadie podía culparlo por eso.

Paseó la mirada por su piso. Había ido a vaciarlo y cancelar el contrato de alquiler. Vincenzo le había pedido que lo hiciera; él ya había alquilado otro piso, mucho más lujoso, a un minuto andando de donde vivían. Daba la impresión de que pensaba en ella en todo momento, y se esforzaba por darle cuanto pudiera hacer su vida más fácil y completa.

Pero Glory no podía contar con él. No volvería a hacerse eso. Vivía sabiendo que todo acabaría y, desde la semana anterior, temía que fuera antes que después. Tenía que estar preparada para volver a su propia vida, y para eso necesitaba que tener algo a lo que volver.

Se levantó, fue hacia las maletas que había llenado y empezó a devolver todo a su sitio. Una hora después, cuando salía, vio el contrato matrimonial en la consola y se lo llevó consigo.

Vincenzo, silbando una alegre melodía, salió de la ducha. Se miró en el espejo empañado y sonrió. Tenía ganas de silbar y cantar todo el tiempo. Había tenido que esforzarse para no hacerlo en las pesadas negociaciones a las que asistía. Ese día había tenido lugar la más importante.

Sintió un cosquilleo de orgullo. Glory había era más que magnífica como consorte. A pesar de que había retomado su ajetreada agenda, lo ayudaba, guiaba y apoyaba con sus consejos, lo honraba, calmaba y deleitaba con su compañía. Cada momento con ella, dentro y fuera de la cama, había sido mejor de lo que se había atrevido a soñar.

No había imaginado que pudiera existir una felicidad como esa.

Hacía más de dos semanas que no había podido tenerla con él. Las constantes reuniones y el trabajo lo habían obligado a dejarla atrás, a cancelar citas y dedicarle poco tiempo. Hacía tres días que no volvía a casa.

El trabajo se había acumulado y resolver la sobrecarga había sido una ardua tarea. Llevaba dos semanas trabajando para superar esa fase y empezar de cero.

Había sido una agonía estar sin ella, pero al menos se había puesto al día y había concluido la primera fase de su misión allí.

Antes de iniciar la siguiente, había planeado

unas vacaciones con Glory. Una segunda luna de miel. Pensaba hacerlo cada dos meses.

Sonriendo de nuevo, entró en el despacho. Vio de inmediato el contrato matrimonial que había dejado en el piso de Glory hacía más de dos meses. Se acercó y un vistazo le confirmó que era la copia de ella.

Se preguntó por qué estaba sobre el escritorio y por qué no se lo había dado en mano.

Fuera lo que fuera, estaba seguro de que no lo había traicionado a sangre fría ni simulado sentimientos falsos. Todo él sabía que su relación había sido y era real. Eso era lo único que le importaba.

Desde que le había dicho que era libre de no casarse con él, había borrado el pasado de su mente y de su corazón. Lo único que perduraba era que la amaba más que nunca antes.

Sin embargo, era obvio que ella no era consciente de sus sentimientos. Había dejado allí el contrato matrimonial para mostrarle que era libre de mantener el pacto original si quería. Ya era hora de decirle que la quería como esposa, real y para siempre.

Se puso en pie y agarró el documento para romperlo en pedazos.

Sonó el teléfono y, molesto por la interrupción, contestó. Un segundo después, al oír una voz grave y sombría, deseó no haberlo hecho.

***

–Gracias por recibirme, príncipe Vincenzo.

Vincenzo se tensó. Brandon Steele nunca solicitaba verlo a no ser que se estuviera gestando una catástrofe.

–Estamos a solas, déjate de títulos, Brandon.

El hombre inclinó la cabeza en silencio. Lo rodeaba un aura amenazadora e inquietante.

Vincenzo lo había contratado siete años antes para que protegiera su investigación y negocios del sabotaje y del robo de la propiedad intelectual.

Brandon había descubierto docenas de infiltraciones y conspiraciones, ahorrando a Vincenzo y a sus primos muchos millones, y allanando el camino hacia la cima en su campo.

Pero Vincenzo odiaba verlo porque había sido él quien había encontrado la prueba del espionaje de Glory seis años antes.

–No sé cómo decir esto, Vincenzo, pero, ¿en qué estabas pensando? ¿Te has casado con la mujer que una vez te espió?

–Las cosas no son tan sencillas como parecen, Brandon.

–¿Ah, no? –Brandon arqueó una ceja.

–¿Has encontrado alguna otra filtración y decidido que Glory debe de estar involucrada?

–Veo que no te preocupa una posible filtración –Brandon lo miró como si estuviera loco.

Por raro que fuera, la verdad era que no le preocupaba. No sentía la agitación e ira de otros tiempos, cuando su trabajo había sido el centro de su vida. Su prioridad ahora era Glory.

–Creía que tu sistema de seguridad era impenetrable –dijo, tras dejar escapar un suspiro.

–Lo es. Y no hay ninguna filtración.

–¿Solo has venido a recriminarme por casarme con Glory? Si eso te preocupa, no sabes mucho de cómo es ahora.

–Mi función es saberlo todo de todo el mundo. Sé exactamente quién es y lo que hace. Su trabajo en lo últimos cinco años es insuperable.

–Escupe el «pero» que te ha traído aquí.

–Pero creo que esta puede ser una máscara mucho más elaborada que la de hace seis años.

–El pasado ya no me importa, Brandon.

–No hablo del pasado.

–Acabas de decir que no hay ninguna filtración –dijo Vincenzo.

–No, en tus empresas no. Pero estás negociando intereses multinacionales en nombre de Castaldini. He encontrado filtraciones de información vital que solo tú podrías conocer, que acabarían costando a Castaldini los proyectos e inversiones que estás a punto de conseguir.

–La gente con la que negocio tiene la misma información, la filtración podría ser suya.

–No lo es.

–¿Por qué diablos sospechas de Glory cuando ella no ha tenido nada que ver con esto? –Vincenzo se levantó de un salto.

–¿No conoce los detalles de tus negociaciones y lo que piensas al respecto?

–No. Bueno, consulto con ella, es muy buena

negociando, y me ha aconsejado muy bien, pero eso no significa que…

–¿Sigues todas las normas de seguridad que diseñé para el espacio que compartís?

–No. Déjalo ya –Vincenzo ni se había acordado de la seguridad estando con ella–. Esto no tiene nada que ver con Glory. Estoy seguro. Lo que ocurrió en el pasado fue en contra de su voluntad. Se ha esforzado mucho desde entonces para cambiar de vida y hacer el bien. Con su benevolencia y perseverancia ha hecho más por la gente que yo con todo mi dinero y poder. No volveré a sospechar de ella nunca.

–¿Puedo recordarte que la última vez no fue una sospecha? Te di pruebas, que tú verificaste con la gente más cercana a ella.

–Ya te he dicho que el pasado no tiene nada que ver con el presente. Y entonces me salvó de cometer el peor error de mi vida.

–Así que ¿perdonarías a alguien que fracasara al intentar asesinarte y, sin saberlo, te salvara de caer al abismo? ¿Hasta qué punto estás dispuesto a buscar excusas por ella?

–Hasta el que sea necesario. A fin de cuentas, estoy mejor posicionado gracias a lo que ocurrió.

–Aunque el resultado sea bueno, un crimen fallido sigue mereciendo su castigo.

–Y la castigué –gritó él–. La condené sin juicio, sin darle la oportunidad de defenderse. ¿Y adónde me llevó eso? A seis años de infierno sin ella. Ahora la tengo de nuevo y no voy a perderla.

—Esto es peor de lo que creía —Brandon lo miró boquiabierto—. Has caído en su hechizo.

—La quiero.

—Y ha vuelto a traicionarte. ¡Qué desastre!

—Deja de decir eso y busca otros culpables, Brandon —Vincenzo anhelaba darle un puñetazo—. No eres infalible. Cometiste un error con la esposa de Eduardo.

—No fue un error. Jade estaba entrando en su sistema.

—Para fortificarlo y que nadie pudiera volver a infiltrarse —apretó los dientes—. Como he dicho, las cosas no siempre son lo que parecen. Tenías razón pero también te equivocabas. Y vuelves a hacerlo. No solo quiero a Glory, la conozco.

Brandon cuadró los hombros y le ofreció el informe que llevaba en la mano. Llevaba la insignia de Seguridad Steele, y eso implicaba que era un informe final, con evidencia verificada.

—No sé cómo decirte cuánto lo siento, Vincenzo —Brandon lo miró como un médico a punto de amputar un miembro a un paciente—. Esto es un resumen de los correos y mensajes de texto que desvelan la información. Las direcciones de origen fueron hábilmente camufladas, pero no lo bastante para mí. Todo conduce al teléfono y al ordenador de Glory.

Capítulo Once

Vincenzo no tenía ni idea de qué le había dicho a Brandon ni de cuándo se había marchado. Estaba sentado en el dormitorio que solo había utilizado con Glory.

Había comprado esa casa seis años antes, cuando Glory había aceptado ser suya. Había dejado la casa cuando la apartó de su lado, pero había sido incapaz de venderla. Volvió cuando decidió reincorporarla a su vida. A esa vida que volvía a desmoronarse.

Se negaba a creer que la historia estuviera repitiéndose. Tenía que haber otra explicación.

No fue consciente del paso del tiempo hasta que la oyó entrar. Entonces lo asaltó el recuerdo del día en que, seis años antes, la había esperado allí mismo, sabiendo que cada paso auguraba el fin de todo aquello por lo que merecía la pena vivir.

Ella entró, pensativa y absorta. Dio un respingo cuando intuyó su presencia. Volvió la cabeza y, al verlo en el sofá, esbozó una sonrisa que fue como un destello de luz y calidez.

Cuando corrió a sentarse a horcajadas sobre él, fue como si la sangre volviera a circular por sus venas de repente. Se dejó envolver por su dulzura, se perdió en sus besos anhelantes.

–Te he echado de menos cielo... Vincenzo...

Él también la había echado de menos. Tres días y noches sin perderse en su interior y embriagarse de placer lo habían enloquecido.

Cuando Glory empezó a tironear de su ropa, supo que su cuerpo llamearía en cuanto lo tocara, y también que le debía aclarar las cosas antes de rendirse al delirio. Así que puso las manos sobre las suyas y la detuvo.

Ella se tensó. Lentamente, como si temiera romper algo, apartó los labios de su cuello, inhaló y clavó la mirada en el sofá. El informe de seguridad estaba junto a él y Vincenzo sabía que reconocería el logo. Pero Glory miraba más allá, fijándose en el contrato matrimonial.

Se apartó de él y fue a sentarse en un sillón. Después lo miró como si esperara un golpe.

–¿Por qué has dejado esto en mi escritorio, Glory? –preguntó él.

–¿Hoy? Lo dejé allí hace más de una semana. Pensaba que lo habías visto, y como no lo mencionaste pensé que...

–¿Qué pensaste?

–No sabía qué pensar –su rostro se contrajo.

–¿Qué querías que pensara cuando lo viera? ¿Qué pretendías decirme?

–Te estaba ofreciendo mi respuesta a lo que creí que tú me decías cuando... cuando...

–Cuando ¿qué?

–Cuando dejaste de llevarme a tus eventos y empezaste a cancelar nuestras citas.

–¿Qué pensaste que te estaba diciendo?

–Lo que me dijiste al no volver las últimas tres noches. Lo que acabas de dejar muy claro. Que esta vez has tardado mucho menos de seis meses en cansarte de mí –su barbilla y sus labios temblaron al decir las últimas palabras–. Pero era lo que esperaba –gimió–. Ahora que me doy cuenta de lo que creías que ocurrió en el pasado, incluso me pregunto por qué quisiste volver a estar conmigo. Por eso traje el contrato, porque suponía que te arrepentías de haberlo dejado en mi casa y te preocupaban los problemas que podrías tener cuando rompieras conmigo. Me alegro de no haber renunciado a mi piso, aunque me lo pidieras. Me mudaré allí esta noche.

–Glory…

–Simularé que seguimos juntos para que nadie lo sepa antes de que anuncies nuestra ruptura cuando acabe el año. Hasta entonces, cuando me necesites a mi lado, solo tienes que llamarme. Si no estoy de viaje, cumpliré mi parte del trato.

Él se levantó y se arrodilló ante ella. Le rodeó la cabeza con las manos y la obligó a alzar el rostro.

–Lo que has pensado no tiene base real. No me he cansado de ti. Antes me cansaría de respirar.

–No digas cosas que no piensas –sus ojos se enrojecieron–. No lo hagas otra vez.

–La única vez que te dije algo que no pensaba, fue el día que te aparté de mi vida. Entonces y ahora, te quiero. Nunca he querido a nadie más, nunca he estado con otra después de ti.

–Oh, Dios, Vincenzo –las lágrimas surcaron sus mejillas–. No puedo… no digas…

–Tienes que creerme –la besó con pasión y luego apartó su rostro para escrutarlo–. Pero has dicho que sabes lo que creía que ocurrió en el pasado. ¿Te refieres a que sabes por qué te dejé?

–Te enteraste de los crímenes de mi familia y ¿creíste que era su cómplice?

–Fue mucho peor que eso.

–¿Qué podría ser peor? –lo miró, atónita.

Y, por fin, él lo confesó todo. Todo excepto el último golpe que Brandon acababa de asestarle. Cuando acabó de hablar ella estaba paralizada. No respiraba.

–Robaron tu investigación y mi… madre te dijo… te dijo… –tartamudeó ella. Su voz se apagó como si se ahogara y fuera incapaz de decir más.

–Ahora creo que debieron de obligarte. Sé que no fue culpa tuya. Igual que creo que este último fallo de seguridad no tiene que ver contigo.

–¿Qué último fallo de seguridad? –preguntó ella, con los ojos abiertos como platos.

–Se han filtrado datos secretos de mis negociaciones. Según el informe que he recibido hoy, los emitieron tu teléfono y tu ordenador.

Ella se apartó como si la hubiera acuchillado.

–No puedo pensar más, Glory –dijo él, suplicante, poniendo las manos en sus hombros–. Quiero que me digas qué pensar. Por favor, cuéntamelo todo y lo resolveré. Esta vez estoy de tu parte y siempre lo estaré, da igual lo…

Ella empezó a mover la cabeza.

–*Amore, per favore*, créeme, déjame ayudar…

Exhalando un grito, ella se levantó y salió corriendo del dormitorio y del ático.

Para cuando él corrió tras ella, se había ido.

Glory miró a la mujer a la que creía querer más que a la vida misma. La mujer cuya traición había destrozado su vida.

Lágrimas silenciosas surcaban las mejillas de su madre, que la miraba suplicante.

Glory se preguntó qué le pedía, si comprensión o perdón.

–Necesitas saber lo demás, cielo –gimió su madre.

Glory no podía oír más, tenía que huir, esconderse, desaparecer. Así que rechazó las manos implorantes de su madre, salió a la calle y corrió y corrió. Pero eso no servía para nada.

Todo era mucho peor de lo que había esperado, y una cosa lo era más que ninguna. La crueldad de Vincenzo por su traición no lo había sido en absoluto.

La había querido tanto que, incluso con pruebas concluyentes de su traición, no se había vengado. Solo había intentado protegerse alejándola. Cuando ella se resistió, la echó sin saber que le dolería, pues creía que no sentía nada, que lo había manipulado desde el primer día.

Ella siempre había creído que obtener respuestas acabaría con el dolor que había consumido seis años de su vida. Pero la verdad le había asestado un golpe mortal.

–Glory.

«Vincenzo». La desesperación de su voz hizo que su dolor y pánico explotaran en su interior. No podía parar ni permitir que la alcanzara.

No, sabiendo que él siempre la había amado. No, sabiendo que su relación nunca podría ser.

Vincenzo había llegado a casa de los Monaghan justo cuando Glory salía. Era obvio que la confrontación con su madre la había devastado.

La desesperación lo había llevado a gritar su nombre al verla, y ella había corrido hacia un taxi. Consiguió interceptarla cuando abría la puerta del vehículo.

–Glory, *amore*, por favor, hablemos –la rodeó con sus brazos, desbordante de amor.

–No hay más de que hablar, Vincenzo –lo empujó sin fuerza–. Olvida que existo. Y, cuando puedas, denúncianos a mi familia y a mí –sin darle tiempo a reaccionar, se escabulló del círculo de sus brazos y subió al taxi.

Él deseó sacarla a la fuerza, llevarla de vuelta a casa y decirle que nunca más la dejaría marchar. Pero lo detuvo saber que no tendría sentido si no daba otro paso antes: volver a enfrentarse a su madre. Tenía que acabar con el poder que tenía sobre Glory de una vez por todas.

Cuando el taxi se alejó, caminó de vuelta a la casa de los Monaghan.

La mujer que abrió la puerta parecía tan devastada como Glory. Deseaba mandarla al infierno por lo que su actitud les había costado a Glory y a él, pero no pudo hacerlo. Se la veía tan frágil y desolada que no podía odiarla. Incluso sintió una punzada de afecto irracional.

—Glory no ha querido escucharme —lo aferró, temblorosa—, pero tú debes hacerlo, por favor.

Al mirar esos ojos tan parecidos a los de su amada, él lo comprendió todo. Nunca había sido Glory. Había sido Glenda desde el primer día. No sabía cómo no había considerado esa posibilidad.

—Fuiste tú. En el pasado, y de nuevo ahora.

—¡Lo hice para salvar a Dermot y a Daniel! —sollozó, con el rostro anegado de lágrimas.

Su gemido, agónico y auténtico, lo destrozó. Glenda Monaghan era a quien habían obligado a espiarlo.

Lloraba tanto que, temiendo que se rasgara por dentro, la rodeó con un brazo y la condujo al sofá.

—Señora Monaghan, por favor, cálmese. Esta vez no estoy enfadado, y le prometo que no la heriré, ni tampoco a ellos. Sólo dígame por qué lo hizo, permita que la ayude.

—Nadie puede ayudarme —aulló ella.

—Es obvio que no sabe el poder que tiene su yerno. Volvería el mundo del revés por Glory y, por extensión, por su familia.

—Eres científico y príncipe. No puedes saber cómo manejar a esos monstruos.

—¿A quién te refieres?

—¡A la mafia!

Él volvió a sorprenderse, a su pesar. Alzó las manos, como siquiera evitar nuevos golpes.

–Cuéntamelo todo desde el principio.

Ella, con voz entrecortada, empezó a hablar.

–Hace quince años me diagnosticaron un linfoma. Dermot se asustó, porque nuestro seguro solo cubría un porcentaje mínimo del tratamiento, y ya estábamos endeudados. En esa época, Dermot y yo trabajábamos en una multinacional, él en contabilidad y yo en informática. Se corrió la voz de que teníamos problemas económicos y un tipo del trabajo le sugirió a Dermot una forma de ganar dinero fácil, pero yo me negué.

Hizo una pausa e inhaló profundamente.

–Poco después tuve que dejar de trabajar, y con un solo sueldo y tantas facturas la situación se volvió insostenible. Dermot empezó a apostar y se endeudó tanto que cuando el tipo lo buscó de nuevo, aceptó el trato. Yo estaba tan agotada por la enfermedad y los problemas económicos que le creí cuando me dijo que se había asociado con una empresa de importación y exportación. Pero luego los jefes de la mafia empezaron a pedirle que hiciera cosas terribles. Lo peor fue que involucraron a Daniel, que solo tenía diecinueve años, en sus sucios negocios.

»Nos trasladamos. Íbamos de un sitio a otro para escapar de la mafia. Yo trabajaba desde casa en los periodos de remisión, pero duraban poco. Dermot y Daniel lo intentaron todo para mantenernos a flote. Tras siete años, creí que nos habíamos librado de la mafia. Pero hace seis años recibí una llamada. El hombre dijo que siempre habían querido mi colaboración informática y que, si valoraba la vida de mi hijo y de mi marido, tendría que ayudarlos. Eran nuestros dueños, tanto por las deudas como por lo que sabían de ellos, y acabarían en la cárcel si yo no cooperaba.

Vincenzo se encogió por dentro al darse cuenta de que él había hecho lo mismo con Glory.

—Su objetivo eras tú. Habían descubierto tu relación con Glory y pensaban que eso me ponía en la situación perfecta para espiarte.

Él la miró, reescribiendo mentalmente seis innecesarios años de agonía sin Glory.

—Como ejemplo de lo que harían si me negaba, dieron una paliza a Daniel, que estuvo un mes hospitalizado. Después de eso, estuve dispuesta a hacer lo que fuera. Usé la confianza de Glory en mí, y la tuya en ella, para entrar en los ordenadores de ambos. Hasta que lo descubriste. Me asustaba tanto que culparas a Dermot y Daniel, dado su historial, que mi única salida fue decirte que lo había hecho Glory.

—¿No pensaste en lo que eso nos haría a los dos? ¿No sabías cuánto la amaba? —gruñó él, pensando en sus seis años de dolor.

—Lo hice precisamente porque sabía cuánto la querías. Sabía que la perdonarías o, al menos, no la castigarías. La dejarías libre. Y lo hiciste.

—¿No considerabas un castigo romperle el corazón? —movió la cabeza con incredulidad.

—Era su corazón o la vida de mi hijo y de mi esposo —sollozó ella.

–Y ha vuelto a ocurrir –dijo Vincenzo, encajando las piezas en su sitio.

–Me hicieron el encargo en cuanto se anunció vuestra boda. Les supliqué que me dejaran ir, les dije que lo descubrirías de inmediato. Pero alegaron que con Glory como esposa te sería imposible protegerte y que si descubrías la verdad no la denunciarías, ni tampoco a mí. Dijeron que estaba en deuda con ellos porque la vez anterior les había dado información errónea. Así que lo hice de nuevo, esperando que me descubrieras.

–Pero dejaste pistas que conducían a Glory, refugiándote de nuevo en mi amor por ella.

–Y acerté otra vez. Incluso creyendo que te había traicionado dos veces, no le habrías hecho daño –dijo ella, contrayendo el rostro.

–Ya la he herido más de lo que puedes imaginar. Solo ahora empiezo a entender la magnitud del dolor que le he causado.

–No te culpes. Fui yo quien lo hizo todo.

–Me culpo y me culparé. La amaba y debí otorgarle el beneficio de la duda. No lo hice. La herí tanto que ya no quiere tener nada conmigo.

–No, Vincenzo. Eres su corazón. Solo huye para lamer sus heridas. Está atónita y angustiada por lo que hice. No te rindas, te lo suplico.

–Renunciaría a mi vida antes que renunciar a Glory –tras darle un abrazo, limpió las lágrimas de la mujer–. Ahora, dame nombres. Os libraré para siempre de esa gente que ha convertido vuestras vidas en un infierno.

Tardó dos interminables días en cumplir la promesa que le había hecho a Glenda. Pero por fin había liberado a los Monaghan de la mafia.

Solo tenía que solucionar una cosa. Lo único que le importaba en el mundo: Glory.

—La encontraremos a tiempo, *príncipe*.

Vincenzo rechinó los dientes ante la seguridad de Alonzo. No sabía si lo harían. Su vuelo salía de Darfur en menos de una hora. Ya debía de estar en la puerta de embarque.

Minutos después, Vincenzo saltó del coche.

—Llámame cuando recuperes a tu princesa, *príncipe*. Esperaré para llevaros a casa.

Vincenzo corrió, con el corazón en un puño. Si no recuperaba a su princesa, nunca volvería a casa. No tenía hogar al que volver sin ella.

Cruzó el aeropuerto como una exhalación, el vuelo de Glory embarcaba en veinte minutos.

Compró un billete y utilizó su pasaporte diplomático para acelerar las comprobaciones de seguridad y recuperar a su esposa a la fuga. Tras otra carrera llena de tropiezos, la vio haciendo fila con la tarjeta de embarque en la mano y un aspecto terrible.

Se abrió paso hasta ella que, absorta en su tristeza, solo notó la conmoción que causaba cuando alguien chocó con ella. Sus ojos, puro cielo, se alzaron hacia él con desesperación.

—Ven a casa conmigo, *amore*, te lo suplico —rogó

él contra su mejilla, su cuello, sus labios, mientras la abrazaba con fuerza.

Ella se quedó inerte entre sus brazos.

Glory retrocedió un paso, apenas consciente de las personas que los observaban. Solo tenía ojos y sentidos para Vincenzo.

Un destello de amor y anhelo le encogió el corazón. No podría sobrevivir a ese momento. Él volvió a agarrarla.

–Ven conmigo, *amore* –le suplicó él.

–No puedo –su voz sonó muerta.

–Tu sitio está conmigo. Eres la única para mí.

–No es verdad. Nunca lo fue y nunca lo será.

Él dejó caer los brazos y la miró como si acabara de vaciar un revólver en su vientre.

–Tú no… ¿no me quieres?

Ella sabía que debía decirle que no. Así él dejaría de culparse por el papel que había jugado en su devastación, dejaría de buscar una reconciliación. Ya no lo consideraba culpable de nada y quería devolverle su libertad. Pero era incapaz de mentir sobre eso. No podía.

–No soy la persona para ti, Vincenzo –se evadió–. Cualquiera sería mejor. Cualquiera que no tenga una familia con antecedentes criminales.

–¿Te referías a eso? ¿Es eso lo que piensas? –su expresión pasó de la angustia al alivio.

–No es lo que pienso. Es la verdad.

–¿Para quién?

151

–Para todo el mundo.

–¿Doy la impresión de que me importe lo que piense o no piense el mundo? –abrió los brazos, señalando a su alrededor. Una multitud los rodeaba, curiosa y divertida. Algunos incluso estaban tomando fotos y grabando vídeos.

–Sí te importa, o no te habrías casado conmigo para mejorar tu imagen –dijo ella, sonrojándose. Y cuando la verdad salga a la luz…

–No lo hará nunca.

–… Castaldini y tú lo pagaréis caro. Por eso una mujer con una familia sin antecedentes criminales será mejor para ti.

–Nadie es mejor para mí. Nadie –gentil y persuasivo, tomó su rostro entre las manos–. Simulé que me importaba mi imagen para poder tenerte sin admitir la verdad. Todos estos años he estado buscando la manera de recuperarte. No he vivido desde que nos separamos. Y ahora no puedo vivir sin ti. Me importaban los crímenes de tu familia cuando creía que estabas involucrada en ellos, pero nada de eso importa ya. He conseguido alejar a tu familia de esas cosas para siempre.

–¿Sí? ¿Cómo? –se asombró ella.

Él se lo contó rápidamente, como si quisiera dejar eso atrás y centrarse en lo importante.

–Nunca sospeché… Siempre creí… ¡Dios! –las lágrimas quemaron sus mejillas–. Pasé años enfadada con papá y con Daniel, pensando que eran irresponsables y criminales, cuando ellos…

–Ahora puedes recuperar a tu familia al com-

pleto, perdonarlos por el pasado y ser feliz que-
riéndolos de nuevo –la estrechó contra él.

–¿Cómo puedes ser tan generoso después de
todo lo que te han hecho?

–Haberte concebido basta para compensar
cualquier crimen, pasado y futuro. Además, estaban bajo amenaza. Acabé con eso, así que podrán
vivir libres de la sombra del miedo.

Ella empezó a protestar y él la alzó en brazos y
posó los labios en los suyos. Cuando la fuerza del
beso la arrastraba, creyó oír aplausos y vítores de
aprobación. Él se apartó levemente.

–Gloria *mia, ti voglio, ti amo*... Estoy loco de deseo y amor por ti.

Ella tenía la sensación de que estaba ofreciéndole
su alma, dejándole ver lo que siempre había creído
una fantasía imposible. Vincenzo no solo la amaba,
su amor era tan fiero y total como el que sentía ella.

Por eso mismo, tenía que marcharse. No podía
interferir en su vida y su destino. Tenía que protegerlo, sobre todo porque él no parecía dispuesto a
protegerse.

–No puedes pensar solo en tu corazón, tienes
deberes, un estatus, y yo...

–Mi primer deber es para contigo –la besó de
nuevo–. Mi estatus reside, ante todo, en honrarte.

–Si la verdad sobre mi familia saliera a la luz
–negó con la cabeza–. Dios, Vincenzo, no puedes
tenerlos como familia política...

–Ya son mi familia política y siempre lo serán.
Me gustará que sean la familia de nuestros hijos.

–Nuestros hijos… –esas palabras le provocaron una oleada de anhelo, liberándola de toda tensión.

–Sí, nuestros hijos, tantos como quieras, cuando quieras –dijo él, afirmando el abrazo.

La magnitud de lo que le ofrecía, el futuro que pintaba, la sumió en el silencio. Tenía por delante un futuro de amor y confianza, con hijos. Incluso había recuperado a su familia gracias a él.

Segundos después, ya en la fresca penumbra de la limusina, Vincenzo la besó hasta dejarla sin aire.

–Tengo que dejar esto claro de una vez por todas, *gloriosa mia*, y no volveremos a hablar del tema. Tú no tienes nada que ver con los errores de tu familia. Eres la única mujer a la puedo amar, mi alma gemela. No me importa lo que traiga el futuro mientras tú seas mía para siempre.

–Pero tendrás que entender que seguramente tardaré el resto de mi vida en acostumbrarme a algo tan increíble –dijo ella, tocando su mejilla.

–No creo que haya que acostumbrarse a lo que compartimos –devoró sus labios con otro beso urgente–. Solo tenemos que maravillarnos de ello y agradecerlo con humildad.

–¿Volverás a casarte conmigo, Glory? ¿Esta vez porque nos amamos y somos el uno del otro?

–Sí, Vincenzo, sí –exclamó ella con júbilo, llorando y besándolo a la vez–. Sí, para siempre.

–*Eccellente* –exclamó Alonzo–. No solo recupero a mi princesa, además podré organizar otra boda. Pero, como es por amor verdadero, hará falta una ceremonia mucho más elaborada.

–¿Es posible algo más elaborado? –preguntó Glory sorprendida.

–Se diría que no conoces a Alonzo –bromeó Vincenzo con indulgencia.

Ella dejó escapar una risita alegre y feliz.

–Me encantó la primera ceremonia, Alonzo, pero preferiría dedicar el dinero a algo más…

–¿Loable? –apuntó Alonzo, mirándola por el retrovisor. Al ver su gesto, suspiró–. Veo que tener a una filántropa como princesa no va a ser tan divertido como esperaba.

–¿Qué te parecería tenerlo todo? –Vincenzo le acarició el pelo–. La cifra que elijas para algo loable y una boda sin límite de precio… –buscó los ojos de Alonzo en el retrovisor–. A ser posible una boda doble esta vez.

–¿Gio se ha declarado? –preguntó Glory.

–Ah, sí… ¡y cómo! –contestó Alonzo sonriente y con los ojos húmedos.

Cuando pararon ante un semáforo, ella se separó de Vincenzo y saltó sobre Alonzo para abrazarlo y besarlo en la mejilla.

–Llévanos a casa –dijo Vincenzo cuando, tras oír los detalles y aceptar ser la madrina de boda, Glory volvió a sus brazos.

–¿Es posible? ¿Podría ser todo tan perfecto? –preguntó Glory muchas horas después, dolorida y saciada, a su amante, príncipe y esposo.

–Si necesitas imperfecciones para estar más

tranquila, no te faltarán –repuso él–. Tengo que empezar mis negociaciones desde cero y quiero que seas mi asesora.

–¿Lo dices en serio? –al ver su sonrisa afirmativa, se lanzó sobre él y lo atacó con besos y cosquillas. De repente, frunció el ceño–. Espera, eso solo lo hará más perfecto. No podré soportarlo –gimió, tapándose los ojos.

Él se alzó sobre ella y le pellizcó un pezón.

–¿No puedes? ¿Quieres que te deje descansar?

–Ni se te ocurra –replicó ella, tirando de él para que se pusiera encima.

Volvieron a unirse en una sola carne, un futuro, y ella agradeció al destino que nada, ni traición ni dolor, ni desesperación ni distancia, hubiera paliado el milagro que compartían.

Por fin sabía que nada lo haría nunca.

En el Deseo titulado
Un amor envenenado,
de Olivia Gates,
podrás continuar la serie
POR ORDEN DEL REY

Deseo

EN LA CAMA CON SU MEJOR AMIGO

PAULA ROE

Después de una noche de amor desatado, Marco Corelli se había convertido en alguien fundamental en la vida de Kat Jackson, porque estaba a punto de convertirse en el orgulloso padre de su hijo.

Kat no era capaz de entender cómo había podido acostarse con su mejor amigo. Siempre había logrado resistirse a sus innegables encantos, pero cuando la llevó a una isla privada para discutir el asunto, llegó la hora de enfrentarse con la verdad… que Marco y ella eran mucho más que amigos.

De amigos íntimos a amantes

¡YA EN TU PUNTO DE VENTA!

Acepte 2 de nuestras mejores novelas de amor GRATIS

¡Y reciba un regalo sorpresa!

Oferta especial de tiempo limitado

Rellene el cupón y envíelo a
Harlequin Reader Service®
3010 Walden Ave.
P.O. Box 1867
Buffalo, N.Y. 14240-1867

¡Sí! Por favor, envíenme 2 novelas de amor de Harlequin (1 Bianca® y 1 Deseo®) gratis, más el regalo sorpresa. Luego remítanme 4 novelas nuevas todos los meses, las cuales recibiré mucho antes de que aparezcan en librerías, y factúrenme al bajo precio de $3,24 cada una, más $0,25 por envío e impuesto de ventas, si corresponde*. Este es el precio total, y es un ahorro de casi el 20% sobre el precio de portada. !Una oferta excelente! Entiendo que el hecho de aceptar estos libros y el regalo no me obliga en forma alguna a la compra de libros adicionales. Y también que puedo devolver cualquier envío y cancelar en cualquier momento. Aún si decido no comprar ningún otro libro de Harlequin, los 2 libros gratis y el regalo sorpresa son míos para siempre.

416 LBN DU7N

Nombre y apellido	(Por favor, letra de molde)
Dirección	Apartamento No.
Ciudad	Estado	Zona postal

Esta oferta se limita a un pedido por hogar y no está disponible para los subscriptores actuales de Deseo® y Bianca®.
*Los términos y precios quedan sujetos a cambios sin aviso previo.
Impuestos de ventas aplican en N.Y.

SPN-03   ©2003 Harlequin Enterprises Limited

La solución era una noche inolvidable en la que ambos pudieran cumplir todos sus deseos...

La primera vez que Maddy Forrester oyó la embriagadora voz de su jefe por teléfono, dedujo que era un hombre formidable. Sin embargo, nada habría podido prepararla para el momento en el que se encontró cara a cara con Aleksei Petrov. Él era lo último que Maddy necesitaba, pero lo primero que verdaderamente deseaba...

Aleksei estaba decidido a no mezclar los negocios con el placer, pero le costaba resistirse a la atracción que sentía hacia su secretaria. Maddy representaba un problema que él no deseaba.

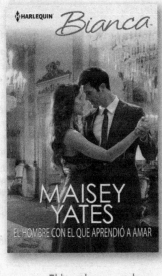

El hombre con el que aprendió a amar

Maisey Yates

Deseo

UNA PROPUESTA PARA AMY

TESSA RADLEY

La prometida del difunto hermano de Heath Saxon, Amy Wright, estaba embarazada del heredero de los Saxon. Amy había pensado marcharse de la ciudad, pero la oveja negra de la poderosa familia Saxon no iba a permitírselo. Heath le había propuesto a Amy legitimar al bebé casándose con él. No iba a ser tarea fácil convencerla. Hasta que una noche le demostró cómo sería su vida si fuera su esposa.

Pero Amy guardaba un gran secreto acerca del bebé…

¿Quién era el verdadero padre?

¡YA EN TU PUNTO DE VENTA!